烟火乡村

王 健/著

我很庆幸自己出生在乡村,并在那里度过了童年,让我感受到大山的雄壮,小河的秀美,无数动物的真萌可爱……

中国书籍出版社
China Book Press

图书在版编目(CIP)数据

烟火乡村/王健著.—北京：中国书籍出版社，2023.4（2023.11重印）
ISBN 978-7-5068-9428-9

Ⅰ.①烟… Ⅱ.①王… Ⅲ.①散文集—中国—当代 Ⅳ.①I267

中国版本图书馆CIP数据核字(2023)第095719号

烟火乡村

王　健　著

责任编辑	王志刚
责任印制	孙马飞　马　芝
封面设计	辉汉文化
出版发行	中国书籍出版社
地　　址	北京市丰台区三路居路97号(邮编：100073)
电　　话	(010)52257143(总编室)　(010)52257153(发行科)
网　　址	chinabp@vip.sina.com
经　　销	全国新华书店
印　　刷	深圳市顺帆达印刷有限公司
开　　本	880毫米×1230毫米　　1/32
字　　数	175千字
印　　张	7
版　　次	2023年4月第1版　2023年11月第2次印刷
书　　号	ISBN 978-7-5068-9428-9
定　　价	56.00元

著作权所有·违者必究

周国平先生授权引用：

一个人的童年，最好是在乡村度过。一切的生命，包括植物、动物、人，归根到底来自土地，生于土地，最后又归于土地。上帝对亚当说："你是用尘土造的，你还要归于尘土"。

农村孩子的生命不孤单，它有许多同伴，它与树、草、野兔、家畜、昆虫进行着无声的谈话，它本能地感到自己属于大自然的生命共同体。相比之下，城里孩子的生命就十分孤单，远离了土地和土地上丰富的生命，与大自然的生命共同体断了联系。

——摘自周国平《岁月与性情》第 31 页

/ 序 /
烟火文明的富教

余世存

我的高中师弟王健走出家乡,在深圳工作生活,人到中年,乡村生活的记忆如影随形,让他形诸文字,结集为《烟火乡村》,我读了以后,感受颇深。前一段时间,我在安徽宿松县城消夏养病,也曾到宿松、潜山乡下"走马观花",再次印证乡村与现代人相看两隔膜的印象。

作为从农村出来的一员,我对乡村生活、"三农"问题也一直保留着一份兴趣。曾有几年时间,不看电视的我热衷于看央视农业频道的《致富经》《科技苑》《农村经济》等栏目。城乡二元是中国七十多年来的发展模式;乡村模式和都市模式,是现代社会的两大生存模式,它们之间的"剪刀差"似乎已经成为历史。乡村的日出而作日落而息、乡村的春种秋收春华秋实,都市的月收入年收入、都市变本加厉的消费,成了我们现代人生命的两极;而一旦农民进城打工,也会被消费模式裹挟,很快学会了年结、月结乃至日结工资。乡村模式和都市模式要能有效互动,还需要一两代人的时间。

对个体乃至一个时代来说,要认识到存在本身即是造化的信物并不容易。我们很多人、很多时候都以为自己或时代是一穷二白的，需要喊出自信或提高自信。但岁月会让我们意识到这一点，会让我们认可自己的丰富乃至有教化、参赞之德。在回答弟子关于社会发展的问题中，孔子就明确说过，在人多、富裕后，要有教化之道。用我们当代的语言，孔子说的是提高文明水平的方法。这个"富而教之"的发展之路，在个人身上的体现就是，一旦意识自己的丰富就可以参与对周围世界的服务，此即教化的一部分。

我在年轻时也曾以为自己的成长环境一穷二白，后来研读节日、节气时，才发现自己的成长有着出乎意外的丰富，自己的人生经验跟节日节气知识相印证，让人产生了极为踏实的安身立命的感觉。很多人以为我的节气节日书之成功出于偶然，其实是不知道这里有个人的经验，有乡村模式的教化功用。

由于缺乏这类自信，我们很多人活得苍白，即使人生的经历足够丰富，即使财务富裕得自由，他们仍活得像学生，积极一些的像文青，为赋新诗强说愁；消极一些的学习养生、学习如何更好地"洗洗睡了"。我们多半以为自己是穷窘的，需要不断索取这个世界的资源，需要这个世界的保护和安慰。我们跟世界的关系多半是分别的、分离的，在世界的流变中我们要么是静默吃瓜，要么是随波逐流。

很少有人意识到，世界之于我们个人的必然性，我们每个人跟这个世界有最独特最深刻的联系。我们每个人在立身处世后，都应该富教自己，自己的生存本身就是造物的恩典和信心，大而言之，自己的生存就是参与世界的演进；小而言之，就是让自己明心见性并影响周围的人。就是说，这个变动不居的世界，需要我们参与其中，以校正其庄严利乐。用鲁迅在深夜所想到的话说，"现在的正在进行着的夜，无穷的远方，无数的人们，都和我有关。"用梁启超的话说，"故知即世间即出世间，无所谓净土;即人即我,无所谓众生。世界之外无净土,众生之外无我,故惟有舍身以教众生。"

王健先生的《烟火乡村》在我看来,也是这样"富而教之"的作品。尽管作者身在都市,但乡村生活的经验仍是活的记忆,参与了他个人的生活,并让我们这些读者获得教益。他笔下的农村生活,除了开篇"动物野趣"中的狼、野鸡是我较陌生的部分外,其他都是我所熟悉的。无论是牛、狗、猫、成灾的老鼠,还是农村人看露天电影、孩子们在林尖行走,无论是杀年猪、磨豆腐、腌酸白菜,还是对父母的记录,对村民酒风的记忆……都是我似曾相识,读来如在眼前的。我跟作者同龄,都在随州的"畈上"成长,我们的成长记忆大同小异。

在我们记忆的乡村生活中,这一生存范式几乎是自给自足的。我们活在大块土地上,"夫大块载我以形,劳我以生,佚我以老,息我以死。""阳春召我以烟景,大块假我以文章。"……我们在乡村自信自足,春生夏长,寒来暑往,自成文明,这就是传统所说的法自然而为化。但后来随着社会的发展,这一生存范式受到了挑战,很多人选择离开了。"爬到山顶高高的树尖上,让少年的我第一次感受到'际高而望,目不加而明',自此种下了走出大山的梦想。"作者的离开还算主动,更多人的离开是出于无奈,出于服从。

对当代人来说,60后、70后记忆中的乡村大概是传统中国最后的承载地。到80后,乡村开启了城镇化、工业化之路,工业世乃至人类世的到来,已经使乡村不再完整。最优秀的青年男女都离开了乡村,留守者守望乡村已经负担不了传统。就像作者写狼时所说的那样,即使山林得到保护,再度恢复野趣,野生动物多了起来,但狼已经几乎绝迹了。《烟火乡村》中的"烟火"正在乡村消亡。

传统的乡村本来也需要富而教之，它的宗亲伦理和熟人社会面纱一旦撕破就如同丛林般残酷，如作者在田园诗意之中的幽暗记忆："这个猎人一直以来就羡慕我老爸打得一手好猎，就嫉妒我家有这样一只好猎狗，存心想除掉它。这一天，阿黄到这家院里与母狗亲热时，主人关上了院门，趁阿黄不备，用铁锹砍死了它并偷偷埋到后山旮旯里。"

　　今天的乡村更需要富教，需要外力，需要人才、资本的介入来焕发生机活力。王健的《烟火乡村》写了他个人的经验，我读来除了一解乡愁外，也再度引发了对城乡二元这一发展模式的思索。谢谢作者。谢谢一切对中国乡村有着乡愁或梦想的朋友。

2022年10月于北京通州

　　（余世存，男，当代著名学者、畅销书作家。致力于研究中国人的"时间文化"，著作曾获文津图书奖，被称为"当代中国最富有思想冲击力、最具有历史使命感和知识分子气质的思想者之一"。代表著作有《时间之书》《节日之书》《老子传》《非常道》等。）

/ 自序 /
那个小山村，那些儿时事

王　健

　　我很庆幸自己出生在乡村，并在那里度过了童年，让我感受到大山的雄壮，小河的秀美，无数动物的真萌可爱……

　　常怀念夏日的午后，我坐在门前的石墩上，端着一只大土碗，里面盛着丝瓜炒蛋，那是妈妈刚刚从攀爬在老柏树上摘下的丝瓜，现炒的。放眼是对面葱郁的山坡和河边的翠竹，脚下两只狗和一群鸡仰着脖子望着我，盼望我撒一些饭粒给它们，屋后那蓝色的炊烟袅袅舞动，散发出人间烟火香味……

　　我的家乡地处随县，原下辖于襄樊市（今襄阳市），后来下辖于单独设立的随州市。随县曾经是战国时期曾（zēng）国的都城，至少有2000多年的建城历史了。1978年，此地出土了中国至今数量最多、重量最重、音律最全、音域最广、气势最为宏伟的一整套战国青铜编钟，被誉为世界第八大奇迹。厉山镇证实是华夏始祖炎帝神农的诞生地。有人据此推断此地富饶肥美、地灵人杰，只可惜后人没有先人之能。

　　发源于大洪山麓的涢水河（又叫府河），绕过山村，婉转向东南奔袭380多公里后注入了汉江，而后汇入长江滚滚东去。大洪山傲然挺立，号称"楚北天空第一峰"。洛阳镇有个古银杏谷，绵延着520万多棵银杏树,单是千年以上树龄的就有308棵,每逢秋冬季节,密集的或散落的银杏树,披着的满身金黄叶子明晃晃的,将天空也照得亮堂堂的。

我家的小山村是一个三面环水、一面靠山的地方,河两岸都是成片的翠绿茂盛的竹林。村名是叫"白鹤畈"?还是"百家畈"?连老人家们也说不清。有人说过去这里曾经众多白鹤翻飞,所以叫白鹤畈;也有人说村子很小,一直仅有十几户人家,百十口人,所以叫"百家畈"。因为出门便是河,家家户户出行都要用竹篙撑"小划子",那是一种用浸过桐油的木板黏合而成的双斗小木船。

小山村处于神秘的北纬32°线附近,水稻一季,小麦一季,印象最深刻的是播种时节,绿油油的稻禾和麦苗一望无际,收获季节,黄澄澄的谷穗麦穗波浪随风荡漾,大自然的美丽和慷慨那时已深植我心。

乡村生活是忙碌、贫苦而又富足的。

家里养的有鸡鸭鹅,猪牛羊,还有狗和猫,都得照料;联产承包后分到的十几亩田,父母开的荒地,还有大大小小的菜园果园,都要打理;农闲时节,还要专门去砍柴积肥,父亲也要去打猎或贩牛搞点副业。父母就是按着二十四节气和那些农谚,顺应天时地利,将土地养得肥肥的,保证了年年丰收,让我们填饱了肚子。

村子离县城和镇上都远,农产品卖不出去,一年忙到头,也赚不到什么钱。当年家庭经济窘迫,但父母舐犊情深,我被爱包裹,浑然不觉。他们苦中作乐,有意在田间地头多种些花生、蚕豆、葵花籽、桃秆(一种类似甘蔗的植物)等等给我当零食,每个节日都变着法子做各种好吃的。五个姐姐宠着我,伴着我。我常常扯姐姐的辫子,她们也会揪我的耳朵,就这样在打打闹闹中成长。虽然物质贫乏，但爱是饱满的，所以感受到的还是快乐更多。

村后山林里，牛儿在吃草，野鸡在跃跳，灰兔在奔跑，水蛇在追逐青蛙，萤火虫在夜空里飞舞，狼偶尔嚎叫……我和小伙伴们抓鱼摸虾逮蜈蚣，掏鸟蛋钓黄鳝；爬到柳树枝桠上，光着屁股一次又一次跳入清澈的河水中；站在悬崖上，对着大山拼命大呼小叫，任笑声在山谷里久久回荡……

渴了饿了乏了，石缝里的泉水、树上的桃李杏枣和各种野果子、地里的西瓜、红薯、玉米等等伸手可得，在草甸子上眯一觉，醒来又是活力满满。

直到家家户户的炊烟渐渐变淡，"娃——，回来吃饭了！"的喊声此伏彼起，我们才恋恋不舍地回家。

乡村，就是我们的乐园。

诚如王朔所言，"我羡慕那些来自乡村的孩子，他们的记忆里总有一个回味无穷的故乡。尽管这故乡其实可能是个贫困凋敝毫无诗意的僻壤，但只要他们乐意，便可以尽情地遐想自己丢失殆尽的某些东西仍可靠地寄存在那个一无所知的故乡，从而自我原宥和自我慰藉。"

零零碎碎的记忆，点点滴滴的往事，絮絮叨叨的讲述，断断续续的记录，是我的乡村生活经历，也是一代人的共同回忆。

今且集之，将记忆定格，也将少年时光定格于此。

是为自序。

2022 年 10 月于深圳清林径
(作者邮箱：455356696@qq.com)

目 录
CONTENTS

动物野趣

与狼共生	003
致命的迷情	020
逮蜈蚣	024
渔趣	032
难忘的"大黑"	046
忠诚的"阿黄"	050
淘气的猫	061
闹心的鼠	067
吉年话鸡	077
猪得其乐	087
深情的鹅	095
也说斗牛	098

田野风情

听风	107
乡村看电影	110
林尖行走	115
萦梦的烟火	120

乡村味道

杀年猪	125
打爆米花	131
熬糖	136
酸白菜	139
辣之味	142
阴米的味道	145
自家石磨豆腐	149

至爱亲情

母亲的菜园	157
父亲走了	164
等待告别	174
打猎人生	181
冻疮	185
酒惑	192

觉者本真
——读王健《烟火乡村》　　　199

动物野趣

天上飞的,地上走的,土里钻的,水里游的,无论是家养的,还是野生的,都是我的好朋友。

与 狼 共 生

2000年那个千禧年的冬天，杨家冲那位德高望重、见多识广的杨老爷子在萧萧寒风中走了。送葬的山民们清晰记得，弥留之际，老爷子嘴巴里念叨着："什么时候狼才会回来呀？我都等了十几年了！不听老天爷、土地爷的规矩，是要吃大亏的呀。狼回来了，咱们山冲才有希望啊！"

/ 猪的惨叫声 /

鄂北随县西部与枣阳市东部交界的丘陵地区，属于大洪山余脉，树木葱郁繁茂，飞禽走兽众多。

在野外，人和家畜经常与狼不期而遇。

姥姥养的两只五六十斤重的猪，早上喂过食后都是散养，它们出了院子门就到山上去闲逛，拱拱草根，吃吃蘑菇，要不就是在树桩上摩摩皮，蹭蹭痒，然后到大树下摸橡子吃，吃高兴了就去树荫下睡睡小觉，打打小鼾，做做小梦，日子过得就是一个字——"爽"！

突然有一天，猪的平静生活被打乱了！

姥姥说，山里黑得比较早，那天下午四五点钟，天开始蒙蒙黑下来，她正在院子里收衣服，突然听到外面山坡树林里传来一声猪的惨叫，还有猪发自喉咙深处的恐怖瘆人的喘息声。村中的狗也仿佛嗅到了不安的味道，争相叫嚷了起来。

过了不到几分钟，一头猪猛然撞开了虚掩的院子门，把门撞到墙上"砰砰"直响，来回开合了几次，疯了一样直接冲进院子，它没有像往常一样回到猪圈，而是出人意料地冲进了厨房。

姥姥觉得奇怪，走进厨房一看，发现猪钻进了柴火堆中，嘴巴里发出含混低沉的哼哼声，还浑身颤抖着拼命地往墙角里钻，仿佛要把自己塞进墙壁里边去。

姥姥唤了唤猪，猪好像回过神来，从柴火堆中探出头来，在确认了是主人后，像个委屈的孩子一样扑到姥姥身边，在姥姥腿边磨蹭。姥姥一边叫唤它，一边用手抚摸安慰它，很久才让它平静下来。

这头猪好些天都处于惶恐状态，水食不思，膘也掉了下去，经过一段时间的调养，才慢慢恢复元气。但这头猪从此再也没有出过院子门，无论姥姥如何召唤、驱赶，它都强烈抗拒不愿意出去，直到养大后当作年猪杀掉。

另外一头猪当天就没有回来。那天村里的狗向上冲方向狂吠了很久，直到天完全黑。姥爷和舅舅出去呼唤和寻找了很久，也没有发现猪的踪影。到了第二天，才顺着村旁山窝里留下的血迹，跟着狗的引领，在两里外灌木丛中找到一大摊血和毛，以及浅埋在树叶中的猪头。旁边还有狼的脚印和新鲜粪便。

丢了一头猪，姥爷有些心疼，但也没有过分郁闷，好在只损失了一头，再说毕竟也没有伤到人。那一段时间再没有发生其他伤害家畜事件，事情就这样过去了。

姥姥后来对我说，狼很聪明，它们抓猪很有办法。如果是两头狼，一只狼在前面咬住猪耳朵，另外一只狼在后面不是很用力地咬猪屁股驱赶；如果是一只狼，则自己咬着猪耳朵，不停地用尾巴像鞭子一样抽打猪屁股，这样狼可以很快把一头两三百斤重的猪不声不响地赶走。姥姥还说，那次一定是狼遇到像要给小狼喂奶这样的难事了，否则它们不会轻易伤害家畜的，就算咱们帮了它们一个忙吧。

/ 狭路相逢 /

人与狼之间是怎样的一种关系，相互尊重还是害怕，抑或蔑视还是同情？

新中国成立那年，姥爷因为曾经参加过解放前大地主的护院队而被新政府工作小组传唤。据姥姥讲，那家地主还是挺仁义的，姥爷参加护院队也只是防范土匪，没有干过什么伤天害理的事。但那时，时不时有人被"正法"了，土地和房屋也被没收了，和地主扯上边是很危险的。

听到这个消息时已是黄昏，姥姥着急去镇上探听情况，把十来岁的我妈妈留在家里，自己颠着一双缠过的小脚上路了。杨家冲离资山镇还有二十多里路，十五六里都是山路。

姥姥心急如焚，一路连走带小跑，走到一个叫庙坝子洼的地方时，前面一拐弯就是一个三岔口。她刚拐过去，冷不防发现从山坳田埂上走来一个黑乎乎的家伙，离正路只有两三米的距离，两只像小灯泡一样绿幽幽的眼睛也正向姥姥望过来。

姥姥即刻意识到那是一只狼！那只狼应该是准备从田埂走上来穿过正路，到姥姥右边的山坡上去的。

顺着手电筒灯光，舅妈看见两三米外两只熠熠发光的眼睛。

（杨福徐 画）

那狼陡然见到姥姥，也很意外，怔住了，它也停住了脚步。

姥姥孤身一人，进退不能，但她既没喊，也没叫，对着狼平声和气地说："你是大畜生，我不是你口中的食。今天我有急事，一定要过去，你懂道理的话就让个路。"

僵持了一会儿，那狼竟然自个儿调了个头，沿着来时的田埂走回去了，无声地消失在对面山坡中。

姥姥也顺利解释并解救了姥爷。

事后，姥姥说，即使有工具，她不敢，也不会去打狼。一是狼不轻易伤人；二是人不是狼口中的食；三是不要慌慌张张大喊大叫反倒激怒了狼，畜生也通人性；四是好人永远有好报。

我现在也不知道姥姥这么一个小脚女人为什么会有如此巨大的胆识和能量。

还有一次就是舅妈遇到狼，情况就不一样了。

1986年大年三十晚上，除夕晚饭过后，舅舅和家人们吃完年夜饭后还在嬉闹，到处有零零星星的鞭炮声。舅妈担心在冲头上自留地里嫁接的上万棵橘子树会被人偷盗，决定一个人打着手电筒先去果树地里的小屋看守。

那天夜色很黑，也比较冷，舅妈左手插在裤兜里，右手拿着手电筒，听着从村中传出的嬉笑声和偶尔的鞭炮声，一边走路，一边低头想心事。走到离村口不到半里地的蓝口堰边时，突然，她感觉前面路上好像有什么东西，就一扬手电筒往前一照。顺着灯光，她抬头看见两三米外两只熠熠发光的眼睛，坐着一个黑乎乎的动物，竖着两只尖尖的耳朵，从形状上看，就是一只狼！

舅妈一边用电筒光死死地对着狼的眼睛，一边往后退步子，握着电筒的右手渗出的汗差不多湿透了手套，还不住地颤抖。

那狼坐在那儿一动也没动。

退了二十多米，就到了菜园的石墙边，舅妈贴着石墙拐角处退后拐了个弯，这样与狼互相都看不见了，然后她转身向村中飞奔而去，一边叫喊着"有狼！有狼"！

不到几分钟，在过除夕的人们都跑了出来，打着电筒或火把，有的拿着镰刀，有的拿着木棒，有的拿着钎担，有的拿着锄头或耙子，还有的端来了猎枪……

大家叫嚷着，一起簇拥着舅妈来到蓝口堰旁边土路。

那只狼还坐在那儿，一动不动，像座雕塑。

这时，有人喊叫怂恿人上去打狼，也有人用猎枪瞄准了狼，有人在嘀咕这狼怎么坐在这儿不走，想用点燃的鞭炮扔过去炸狼，还有的人在劝说不要随便去惹怒狼，一片乱哄哄的……

最后，德高望重的杨老爷子发话了，说这段时间狼也没伤我们人和家畜，刚才也没伤人，说明狼没有恶意，大伙还是好自为之，不要与狼结仇，并叫大伙收起家伙，一起后退。

狼盯着人群，始终未动和退让。

大伙退到了菜园的石墙边了，大部分人已经看不到狼了。

这时，狼长啸了一声。

很快，八九只狼从独狼旁边坡上的树丛中钻出来，不慌不忙地下到路上，慢慢地从独狼身后经过，然后轻松地，甚至是优雅地，向堰塘堤走去。

等狼群走到堤中间的时候，独狼直起了身子，侧身，从容地向它们追过去。

不一会儿，狼群全部消失在堰塘堤直过去的另一个山谷中。

狼群这样过路，连躲在石墙边见过世面的杨老爷子也看呆了。

山谷中传来几声此伏彼起的狼嚎声。

这个除夕夜，注定让人难忘……

/猎人与狼/

在狼与人的交往中，受伤的往往是狼。

在计划经济的年代，大半的农业收成要卖给国家作统购粮，粮食是不够吃的，年终的工分结算也换不了几十块钱，家家都缺米少面。我们家只有父母两个劳力，但有六个兄弟姐妹要吃饭，境况更加艰难。

父亲经过与大队交涉，决定以交钱搞副业的形式每月向大队购买工分，换取不出工的自由。和姑父合伙出去打猎就成了父亲的主要工作，那时常打到的就是野鸡、野兔，偶尔也会有野羊和狗獾。

无论是否打猎，父亲出门时总背着土铳。

有一天，父亲到斑竹园我大舅家谈点事，经不住大舅的热情挽留，吃了晚饭才独自一人往山那边的二舅家去。为了赶时间，他没有走山脚下的大路，而是翻山走小路。

小路很窄，是上山砍柴的人踩出来的，两边的灌木长得大半人高，有的地方还蓬到了一起，得钻过去。

天黑黢黢的，只能看到远处山峰的剪影，山风松一阵紧一阵地刮着，呼呼作响。

父亲将土铳扛在肩头，埋头向上爬，快到半山腰的时候，身上已经冒出汗珠，头上蒸腾着热气。

忽然，父亲感觉好像后面有什么东西跟着自己！

借着余光,他发现几十米开外的树丛中有一双闪着绿白凶光的眼睛。

狼!

父亲加快了往山上走的步伐。

那双眼光在树林中摇曳,也越来越近……

父亲悄悄地扳起了土铳击发虎头。

一阵山风猛然刮过,树叶哗哗作响,刚才蒸腾出的汗也没了。父亲仿佛听到了自己的"砰砰"心跳声。

父亲一边用余光继续向后搜寻,一边思索着如何应对。

虽然在这荒山野岭,但想着手里有铳,他又庆幸和释然了许多,不禁暗暗闪过一丝微笑,但遗憾的是只装了铁砂散弹,没有装打大猎物的锡弹头。除非铳口顶着狼头射击,否则铁砂散弹很难打死狼的。

有铳总比没铳好了很多!

父亲摸索着,确认了底火被小铁圈牢牢地固定住了。

父亲假装没有发现狼,一直将铳扛在肩上。

那双绿白的光在丛林中左躲右藏,时隐时现。

父亲有意加快了脚步,向前面的一个拐弯处小跑。

狼一下子看不到父亲了。

狼急了,也向前急窜,一下子出现在拐弯处的山路中央。

父亲已经早早在十多米外等候,他半蹲在地上,摆好架势,端着铳,瞄准了狼!

父亲果断扣下了扳机!

"啪!"一声金属撞击声短促清脆,马上消失在山风中。

没有出现父亲预想了好多遍的"轰"的铳响声!

铳没响！

"糟了！"父亲心里暗暗道："坏了，底火受潮了?!"

冷汗"嗖"地布满了父亲额头，背上也感到陡然湿透了的衣服阵阵发凉，手里也汗得滑溜溜的。

狼冷不防也被吓了一跳，那双绿光猛地向外闪入灌木丛中。

父亲赶忙就势将铳身搁在左臂弯里，铳托放在右腿上，右手在大衣襟上迅速擦了擦汗，飞快地从胸前口袋里摸出火柴，一次掏出了五六根，"噗"的一声划着了。

一把火柴在父亲的手掌里燃开了，照亮了父亲的脸，也形成了一个黄色的小光团。父亲连忙在地上胡乱捡起几把干枝枯叶，燃起一个小小的火堆。

好在备的有底火！

父亲又一次感到庆幸！

趁着火堆燃烧狼暂时不敢靠近的机会，父亲从内衣口袋里掏出用塑料皮包着的底火（又叫炮火纸），选了一只饱满的，取下枪机口的小铁环，扔掉老底火，套上新底火，然后再用小铁环死死固定稳。

这期间，父亲一边装底火，眼睛也一刻未停地盯着周围，凭着多年的经验，他明白狼随时可能猛然袭击。

底火重新装填完毕后，父亲心里稳定了很多。

山风刮过，汗又一次干爽了。

父亲端着铳站了起来，并踩灭了渐渐微弱的小火堆。

逐渐暗淡的火光中，他看到狼眼在十几米开外黑黢黢的丛林中游曳。

父亲一转身，再次向山顶走去。

狼这次胆子加大了,先是仰天长啸一声,明显地是在呼唤同伴,接着它跟随父亲的距离越来越近。

狼的呼唤得到了回应,几只狼的应答嚎叫相继响起。

虽然有狼应答,但隐约听到的狼声应该在几条山谷之外。

父亲再一次感到庆幸。

父亲继续往上走,再有二三十米就差不多到山顶了。一翻过山顶,那边半山腰就是舅舅住的杨家老塆,前面的路都是下坡路,也离塆子不远了。

翻过山就相对安全了。父亲加大了步子。

狼仿佛知道今天遇到了一个打不响铳的落单倒霉猎人,又一次明目张胆地大声召唤狼群并及时得到了回应,回应声更大了也更近了!

狼的底气更足了,明显加快了步伐,不再从树林中穿行,而是直接顺着山路向父亲逼近。

狼想把父亲解决在翻山顶之前!

黑夜中,山风一阵儿紧一阵儿松地刮过,哗哗作响。

父亲的余光感到绿光越来越近,越来越近,仿佛听到了狼的喘息声,闻到了狼口喷出的腥气……

猛然,父亲一转身,一摆铳!

"轰"的一声,铳口冒出一团火光,枪声响彻山谷,并连绵回荡。

"嗷——"的一声惨叫,绿光突然停住,并调转了方向,一团黑影钻进树丛中并向山下仓皇窜去。

父亲也赶忙转身向上连跑几步,翻过山顶,顺着山路向老塆奔去。

塆子中的狗随着枪声和狼叫声也一起激烈地狂吠起来……

/ 对 决 /

第二年，姑父在杨家冲石盘寺那座山上也与一条狼遭遇。

那次是姑父参加围猎散伙后各自回家，他没有带自己的猎狗。

那天下午四五点钟，黄昏的阳光照着山的上半部，让山形成上阳下阴两个部分，就像给山斜穿着一件坎肩。

姑父正在向上爬，身子浸在阴影里。

走得好吃力，他抬头看一看离山顶还有多远。顺着夕阳的斜光，他竟然发现一头体格健壮的狼正顺着山路从山顶稍下一点的地方往山下走来。

狼处于逆光的位置，姑父跟前又有树枝阻挡，狼完全没有看到姑父。

狭路相逢，躲也躲不过。

姑父略一思忖，决定试一试运气，虽然从未打过狼，但今天自己弹药充足，还带了锡弹，狼又没发现自己，说不定可以成功偷袭它！

姑父迅速蹲下来，将铳放平，右手把铳把往后一挪，铳管就搁在了腿上。他立马从弹袋里摸出一颗锡弹，从铳口灌了进去。

锡弹顺着铳管往下滑。

姑父左手抓住铳托竖起了铳管，右手轻轻拍打铳管，以便锡弹能够快速沉到铳管底部并与铁砂弹挨在一起。

锡弹如果停留在铳管中部或前部，发射的铁砂弹会瞬间将锡弹熔化，封住铳管，导致炸膛，非常危险。

做完这一切，姑父扳起了击发虎头，平端起铳，靠在树丛后面，慢慢直起半个身子，准备偷偷瞄一瞄狼的情况。

姑父的头刚刚冒出灌木丛，眼睛向上山方向一瞟，两三米外的树丛那边，狼也正好抬头张望，鼻子同时在探寻。

一瞬间，人和狼四目相对，都大感意外！

狼马上后腿往后一蹲，作势欲扑！

姑父赶忙完全直起身子，双手往上一抬铳，高出了树丛尖，接着往左一摆铳，将铳口对准了狼！

狼已经开始前跃，但猛然看到了黑洞洞的枪口，眼色大变，跃出了一半后硬生生一个空中回转，落地后整个身子朝着上山方向，迅速往前蹿去，慌不择路地逃跑。

顾不了那么多了！

"轰……"

铳响了！

狼又往前蹿了两步，接着弓着身子跳了起来，又猛地反转过身子向着姑父这边双爪扑出！

姑父紧紧地倒抓住铳管，准备用空铳当棍棒与狼一决高低！

扑在半空中的狼陡然跌落。

狼竟然不动了？

姑父的额头和手心尽是汗。难道是诈死？空铳犹如烧火棍，拿着它对付一头狼的确难有胜算。

姑父高声呼喊附近地里干活的山民，说打伤野猪了，赶快过来帮忙。

山民们一边答应着，一边扛着铁锹、锄头往这儿跑。

趁着这个当儿，姑父一边远远地盯着狼，一边迅速重新填装了弹药，并放入了锡弹。

然后，姑父端着铳对准狼的头慢慢走近狼。

狼头歪着，眼睛圆睁着，似有不甘，口中淌着血，一动也不动。

姑父查看了一下，锡弹刚好从狼肛门中射入，穿膛而过，从头脑门心射出，屁股上还中了密密麻麻的铁砂弹。

山民们赶到了，凑近一看，吓了一跳："这不是狼吗？怎么说是野猪！你真能骗人。"

姑父笑着说："说是狼，你们会跑得那么快吗？"

话虽这么说，玩笑归玩笑，大家都很兴奋和激动，一起把八九十斤重的狼抬回去了。

整个山村都沸腾了，附近好多村的人都跑过来看。

姑父亲手剥了狼，把狼肉给了山民，自己拿走了狼皮。

姑父讲，这张狼皮他换了四十多个公野鸡的好价钱。

/ 狼越来越少了 /

家庭联产承包制施行后，田承包了，水塘承包了，山林也承包了。

在"快赚钱"和"赚快钱"的趋势下，村民们血脉贲张，各种赚钱的方法都想出来了。

先是有人直接从承包的山上砍树卖，收益较小；接着懂得了用树筒子点苗种培植香菇和木耳，收益颇丰。渐渐地，这一技术被迅速推广。无数的树被伐倒，锯成两米长的树桩子，纵横交错、整整齐齐码放在农田里,被密密麻麻地钻上小孔,然后点上苗种,成为香菇和木耳的温床。

先是砍栎树,栎树的香菇和木耳出产率最高。从大砍到小,连小孩胳膊粗的小树都未能幸免。

接着砍杂树,一扫而过。

再接着连拇指粗的栎树也开始砍了。因为树干太细,承受不了钻孔,就粉碎了装入塑胶袋里,同样点上苗种培植香菇木耳。

不是间伐,而是逐个伐过去。

见多识广的杨老爷子看不过眼了,一再劝诫乡亲们不要砍得那么凶,要间伐不要片伐,要养山不要毁山,否则要遭天地报应的!

想发财的人都红了眼,满脑子的只有钞票、汽车和城镇上的商品房!

人人都知道杨老爷子说的话在理,但没有人听,也没有人去遵守这些千百年留下来的老规矩。

在承包期即将结束之前,承包人通常都将这片山砍得片甲不留。"反正这片山下个承包期又不是我的!"

整个山就像是被拔了毛的鸡,一个个树桩就是拔掉羽毛的创口,淌着血,只剩下一些灌木和茅草,就像仅存的绒毛……

野猪、野羊、野鸡、野兔、猪獾、狗獾等野物都无法藏身了,越来越少了……

狼也随着越来越少了……

杨老爷子死后十多年,也发生了一些变化。

已经没有树筒子可供培植香菇木耳了,这行当已经很难干下去了。

多数青壮年要么北上,要么南下去打工了。

村村通公路了,水泥路修到了冲口。

农田很久没耕种了,荒芜了。

树不让砍了,反正也没有可伐的了。

甚至有的山上在重新种植小树,但也稀稀落落,成不了气候。

土铳被禁了,也没有人打猎了。

只有趁机生长的灌木和杂草,一片兴旺,就像流浪汉的头发,蓬松慌乱……

几个村被合成一个村,几个乡或镇被合成一个镇。乡政府先搬走了,医院搬走了,中学也搬走了,最后连邮政代办点也搬走了。原先乡政府所在的热闹小街也逐渐变成了半个空城。

村学校也被撤销了,四五岁的小孩子读书也得到镇上去,由留守的老人租房陪读。

大部分老村空无一人,倒塌的老屋剩下残砖断瓦,没倒的也露出了破败的檩条和大洞,院子里长满了比人还高的蒿草;仅剩几家房屋有人居住,也只有几个老人苦苦支撑守候,一片凋敝,毫无人气。

野兔、野鸡、獾子等野物却又一次空前繁盛起来,多得叫山民心烦,仅有的几块垦种的农田也被它们糟蹋得不成样子,没有收成。

而狼,至今,仍未再现……

不久后，狼群又会在杨家冲山谷啸叫。

（杨福徐 画）

后 记

《狼图腾》电影中老牧民毕利格说：在腾格尔大草原，黄羊是小命，狼是小命，连人也是小命，只有草和草原才是大命。小命只有靠大命才能活命！大命没了，小命全都没命！

是啊，大命不保，小命何济；大命不顺，小命何利?！

不管人们是真不明白还是揣着明白装糊涂，出来混，到时总是要还的。

交通和通信越来越快捷便利，但乡恋却越来越成为一种乡愁。

梦中常亲近，现实太唏嘘！

故乡逐渐成为一种常常思念，但回去了又想马上离开的地方，成为一种"近乡情更怯"的剪不断、理还乱的纠结。

幸运的是，如今故乡的父老乡亲已经意识到保护青山绿水的重要性并积极采取了行动。

九泉之下，杨老爷子也许微笑了。

狼，不久后就会重新在杨家冲啸叫……

致命的迷情
——野鸡的恋爱

在家乡,打猎收获最多的就是野鸡。

大部分是被猎狗从灌木丛中驱赶出来后射落的,也有的是公野鸡高声鸣叫呼唤母野鸡从而把猎人招引过去的,还有被猎人利用母野鸡把公野鸡引诱过来的。

春天来了,万物复苏,百花初绽,春情萌动。野鸡也到了求偶季节,野公鸡迫不及待地在自己的领地鸣叫,急于展示浑厚的歌喉和雄壮的身姿,却不知为自己招来了致命的危险。

一个山头通常只有一只公野鸡占山为王,它鸣叫时嗓子打开得很突然,如撕破锦帛一样,喷薄而出,发出"哥……哥、哥"的声音,开声后先下滑,再往上走,波浪似的震动传播,持续一长段时间后,"哥、哥"两声急促干脆地刹住。整个过程长一声,短两声,既清脆高亢,又自信深情,充满着雄性荷尔蒙的味道。

这种叫声的穿透力很强,能传出几条山谷。

父亲听到后,会马上辨认出叫声所在的方位,便提上土铳,叫上猎狗阿黄往那儿赶去。

公野鸡每隔几分钟便叫一次,刚好不停地为父亲指引准确的位置。

它一般都是在开阔的空地儿尽情独自表演,憧憬着即将到来的艳遇。

它把脖子高高地拱起，开声鸣叫，再像画句号一样收住"哥、哥"声后，放松颈项，然后开始原地转圈，同时不停地摇头晃脑，显摆自己高贵的冠子，一边拍打翅膀，表现自己孔武有力，还持续地抖动两根长长的尾翎，投入而热烈。

接着，它便定住，向天空伸长脖子，侧耳聆听期待的回应声，专注而认真。

父亲很有经验。公野鸡在转圈拍打的时候，对外界几乎没有任何观察，这时可以大胆靠近；一旦它竖耳侧听，就要躲起来并且不能制造出一丁点儿响动。

阿黄曾有过耐不住性子，将父亲撂在后面，老远就冲过去，从而惊飞了野鸡的先例。在父亲的调教下，阿黄也变聪明了很多。父亲走，阿黄走，父亲蹲下，阿黄也蹲下。

当距离比较近的时候，趁着公鸡在转圈，阿黄直接冲过去，嘴到擒来；如果半途中公鸡发现了并惊慌飞起，也会撞在父亲土铳筛子面大的铁砂弹雨中。

有时赶到时，已经有一只母野鸡与公野鸡汇合了。公鸡跳着独特的舞步，展示了自己绚丽的羽毛之后，谦卑地低下头来向母鸡靠近，乞求、磨蹭、亲昵，极尽柔情，然后兜着小圈子互相追逐着调情……

阿黄冲了过去，顷刻之间一只鸡落入了犬口，摇摆着拼命挣扎，另一只"扑通扑通"地乱跳，不知所措，蹒跚地蹿出几步后勉强飞起，也被射落在地。

唉，好一对苦命的鸳鸯！

021

用母野鸡引诱公野鸡,是猎人们"打棚子"的一种技巧。

猎人预备了行当:一个半人高的竹编的大半个圆锥体形的棚子,棚子的前面开有一个饭碗大小的洞,还有一只早已驯熟了的母野鸡。

母野鸡是猎人从山上母野鸡窝里捡来的蛋,放到家鸡窝里孵出来的,早已和主人混得很熟了。

猎人将土铳伸进棚子洞口里,挑着棚子,手里提着母野鸡就上山了。

他来到山上的开阔地,放置好棚子,折下黄荆条等灌木,密密麻麻地插在棚子上,将棚子打扮得严严实实,就像一大簇丛林长在那儿一样自然,看不出一丝破绽。

然后,他将腿上拴着绳子的母野鸡放到棚子前面去。

猎人躲进棚子里,将土铳枪口从洞口里伸出去,隐藏在树叶之中,观察着棚子外面的状况。

母野鸡站在草地上,抖抖身子,拍拍翅膀,然后"嘘,嘘,嘘,嘘"连叫四声,暂停一会儿,又接着连叫四声。

她叫的声音平和而有耐性,虽然不像百灵鸟那么婉转,但是极其温柔。当她听到有公野鸡的高亢鸣叫时,翅膀会拍得更响,回应声也更明亮。

不一会儿,一只公野鸡就从山谷中飞了过来,翩翩地落在母野鸡身旁。它照例要活动活动身子骨,然后在舞步中展示自己的绚丽多姿。

猎人手一拉扯,母野鸡就往棚子方向跑来,留下"新男友"还沉浸在自己构筑的"一段热恋并持续一场好戏"的美梦中。

据老猎人讲,后来,母野鸡经验更加老道了,不待主人拉绳,就会择机跑向棚子,当然,成功之后她会照例得到额外谷物的犒赏。

"轰……",铳响了,公野鸡应声倒地。

爱情和谋杀接连而至,上演着由人导演的一场场与人间相似的喜悲闹剧。

逮 蜈 蚣

蜈蚣是家乡常见的一种多足爬虫,因为它有毒爪,很多人都很害怕。

在小说故事中,蜈蚣也是经常出现的厉害角色。

在《西游记》里,蜈蚣精就很生猛。

在《神雕侠侣》中,洪七公在雪地里埋上一只雄鸡,引来百十条红黑相间的大蜈蚣,油炸焦脆,清香美味。

《天龙八部》中,段誉也因为肚子里爬入了蜈蚣,从而以毒攻毒,除去了已中的剧毒,实现了百毒不侵。

因为蜈蚣具有熄风、攻毒、通络的功效,能治疗惊痫、蛇伤等,是一味重要中药,收购站大量收购。

对于少时的我来说,最大的意义就是卖蜈蚣能赚来学费和零花钱。

惊蛰过后,天气转暖,蜈蚣开始出没,挖蜈蚣的季节就来临了。

学校通常会放一个星期的勤工俭学假,主要就是让我们去挖蜈蚣。

其实,哪里会比较容易挖到蜈蚣,我们心里都有数,抢先去挖,挖到的机会就很大。

田埂斜坡、枯叶堆、石头缝、墙脚边都是蜈蚣藏身的好地方，我们在这里大显身手。

蜈蚣是典型的肉食动物，有几十对爪子，但它的第一排颚爪呈两个半月形环抱，爪尖锋利，能射出毒液，除了吃小昆虫，甚至能杀死比自己大得多的蛙、鼠、雀及蛇等。

能挖到蜈蚣卖到钱当然很好，但是也充满了危险。

有一次，我独自一人费力地翻开了一块大石板，里面竟然是个蜈蚣窝！有六条肥壮壮黑油油的红头大蜈蚣，它们一下子暴露在一向不喜欢的阳光下，开始四散逃窜。

一阵狂喜！机不可失！

身边有一堆石块，我连忙捡起来分别压住三条蜈蚣，两只脚各踩住一条，然后用小铁锄按住了最大的那条。那条蜈蚣头深红，身墨绿，被按住后身子翻转摇摆，露出泛着金黄光泽的强健肚皮，头顶上的红须左右颤动，一对颚爪不停开合，跃跃欲咬，张牙舞爪。

我找机会用左手拇指和食指掐住了蜈蚣的后颈，将它提了起来，准备垫在锄头把上以便掐掉它的毒爪。

突然，我感觉到右腿痒痒的，回头一看，哎哟！右脚踩住的那条蜈蚣已经爬过了脚面，上半身爬上了我的小腿，进入裤管了。

原来，因为担心踩烂了蜈蚣，我踩得比较轻，下面的土比较蓬松，刚好又只踩到它的尾部，它的上半身使劲往上挣扎，就脱逃了。

这时，手上的蜈蚣将我的左手四个手指和手腕都紧紧地缠住，身子一伸一缩，拼命挣扎，几十个爪子的尖深深地嵌入皮肤里，连尖上的小黑头也插进去断在里面了，我想摆都摆不掉。更要命的是，毒爪还在！

我翻开大石板，六条蜈蚣四散逃窜。

（杨福徐　画）

顾不得那么多了!

我三下五除二将手上蜈蚣的头搁在锄头把上,用右手大拇指指甲尖将其毒爪切掉了。然后右手抓住它的头,拉着它的身子一圈一圈地从手掌上绕着扯开,直接扔了出去,刚好落在石板上。

再低头去看右腿时,裤管外面只露出了蜈蚣尾巴上的最后一对红爪子。因为担心碰到蜈蚣,我赶紧轻手轻脚地挽裤腿,等挽起一截,蜈蚣的尾巴已不见了踪影。痒酥酥的部位已经跨过了膝盖,感觉蜈蚣的头正向大腿内侧游过去!

糟糕!再往上爬就是关键部位了。我浑身都起了鸡皮疙瘩,颈子、后背都渗出了汗,湿透了衣服,凉飕飕的,额头的汗水都滴下来了。

我小心地松开了左脚并后退了一步,放走了左脚踩住的蜈蚣;然后飞快地解开了裤腰带,小心翼翼地提着裤子,尽量空着前半部免得碰到蜈蚣,并慢慢将裤子褪到脚边放下。

这时,蜈蚣已经爬到了大腿中部,宽宽的扁平脑袋向前直冲,两只红须须飞快挥舞,一边嗅着一边继续向前爬。

我捡起了一个枯树枝,顺着放到了蜈蚣头前,指望它爬到树枝上,谁知它转了一个方向继续前行。

我马上把树枝打横,准备等它一爬上树枝就挑起它的头,然后慢慢扯住它离开。谁知它加快了速度,一下子就爬过了树枝,前几节已经又爬在大腿上了。现在强行挑,保不准它会咬我一口。

怎么办?再往前就要进入我的内裤了!

容不得多想,另找树枝又已经来不及了。我试着动了动树枝,蜈蚣只是经过树枝,并没有紧紧抓住树枝,我一抽,竟然将树枝抽出来了。

我接着将树枝压住内裤裤边,拦在蜈蚣前面,蜈蚣的头一爬过来,我马上抬起了树枝。

蜈蚣感觉受阻,头旋即又往下探,寻找出路,我又用树枝拦住;蜈蚣又向左向右探索,我都先一步顶住。

蜈蚣有些恼怒,红须须挥舞得更加频繁,也有些焦躁不安。

蜈蚣又往回退,我也用树枝紧紧地托住它的头,不让它的一对毒爪接触到我的皮肤。

经过几次反复,蜈蚣感觉无路可走,只好慢慢地顺着枯树枝往上爬。

树枝不长。等到蜈蚣的大半个身子爬上了树枝,我轻轻一扯树枝,蜈蚣的后半身就腾空了。

我赶紧扔掉了树枝,捡起了小锄头,重新按住了这条蜈蚣。

危险解除!

长长地舒了一口气!

我将这条蜈蚣的毒爪除掉,装进了瓶子里并将瓶盖旋紧,接着收拾好石块压着的三条蜈蚣,再寻找扔掉的和放走的那两条蜈蚣。

我又将那个大石板翻开。

乖乖的!那两条蜈蚣趁着我没时间管它们,又重新钻到石板下面躲避阳光。

又是手到擒来。

至此,六条蜈蚣如数擒获,大获全胜。

还有一次挖蜈蚣时,也遇到了危险,不过这次不是蜈蚣。

在一个比较陡的山坡上，竖着一根已经腐朽已久的树桩，桩心都烂透了，里面有些树屑和杂草。根据我的常识，这种地方温暖潮湿，蜈蚣最喜欢待在里面。

山坡太陡了，根本没地方站稳脚，只能冲上去，借着冲劲把锄头尖挖进树桩里猛掏一下，将里面的东西带出来。

我第一次冲了上去，只是将锄头伸进了树桩，还没来得及掏一下，人就退落了回来。

旁边的小伙伴有的起哄，有的打气。

我就不服这口气！

第二次，我深吸了一口气，一股劲，又冲了上去，扎扎实实地把锄头挖了进去，猛地将树桩内的杂物往外带出。

我的身子倒退着往回下落，正低着头寻找可以下脚的地点，却突然听到小伙伴们的惊呼：蛇！蛇！蛇！

我抬头一看，一条一米多长的泥蛇正凌空伸展，灰黄的肚皮纹理清晰可见，三角头上的红信子"嘶嘶"直射，正要落到我的头上。

我吓得腿一软，赶忙向左边草地上一撒步，摔在灌木丛上。

空中的泥蛇也直直地落在下面草丛中，"嗖"的一声不见了。

俗话说：常在河边走，哪有不湿鞋。我还是中了一次蜈蚣的招。

那次我挖到一条蜈蚣后，照例用锄头按在地上，左手两根指头捏住它的后颈，准备提起来。

不好！感觉蜈蚣太滑，没捏紧。我赶紧加一把劲往下压再去捏，但太迟了，土太松了，蜈蚣的身子全部陷进土里，已经掐不住了。

我连忙撒手，瞬间二拇指尖一阵刺痛，又疼又麻的感觉马上传到了手指根。蜈蚣从松土里抽转身回过头，狠狠地夹了我一口。

我提起手，一条大蜈蚣被我从土中带出来，正黏在我二拇指上，整个身子在空中飞舞。

我猛然一摆手，将蜈蚣摔了出去。

二拇指上出现了两个红红的小爪痕。用右手对着伤口一挤，里面就渗出了一点毒液。

痛感一阵一阵加剧，上半个手掌都肿了起来。

小伙伴们抓住了那个罪魁祸首，拥着我回村求救。

大家众说纷纭，有的说人的新鲜奶水消毒效果好。在大伙的推搡下，我伸出了手，一位大方的嫂子挤了几滴奶到我手指头上。手疼未减轻，心里暖暖的，倒是我的脸羞红得火辣辣的。

又有人说鸡屁股能对付蜈蚣伤。几个小伙伴大白天像鬼子进村一样，卖力地追得鸡飞狗跳，终于抓住了一只鸡，将鸡屁股按在我手指头上磨蹭。

还有的人说童子尿可清肿解毒，缓解疼痛。得到大人的授权，几个小伙伴马上对准我的左手开始撒尿，特别是平时对我有意见又敢怒不敢言的狗蛋，尿得格外起劲。结果，我惹了一身骚。

似乎各种治疗手段都不见明显效果，头还微微发起烧来。

伙伴中的老大杨三信誓旦旦地说：不要急，等到明天一大早雄鸡打鸣时，毒性一定会消退并且不疼了，因为公鸡是蜈蚣的舅舅，还用《西游记》里最终是雄鸡收复了蜈蚣精来做证明。

以往，天黑下来后，妈妈们到处喊我们回家吃饭还找不到我们，这天我从未如此迫切地希望太阳早早落山，一个劲地盼望天赶快黑下来，黎明最好马上就来到。

伴着一阵一阵的疼痛，我顶不住困意，还是进入了迷迷糊糊的睡梦，拂晓时分，我被公鸡打鸣声惊醒了，手指头似乎真的不那么疼了。

现在想来，可能是蜈蚣的毒性过劲了吧。

危险归危险，疼归疼，被蜈蚣咬伤并不会吓倒我们，好了伤疤，我们又活跃在野外。

那时候，我们在上学的路上都带着小挖锄。因为瓶子不方便携带，抓住的蜈蚣就装进塑料袋里，在袋子上扎几个小孔让蜈蚣透气，袋子口就折叠起来。有时正在上课，蜈蚣从未折叠紧的袋子里溜了出来，爬到了女同学的领子上，吓得她们花容失色。

最佩服的就是我三姐了，称得上是"蜈蚣仙女"，胆最大，抓的蜈蚣也最多。在她的带领下，我们每年都战果丰硕，是镇上收购站的大客户。

我们将抓到的蜈蚣从瓶子里、袋子里一条条放出来，将薄篾片两头削尖，对着蜈蚣的头尾各插一个小口一撑，就将蜈蚣撑得直直的。

然后拿来一截竹子，一头劈开，将撑好的蜈蚣一条一条夹进去，再用细绳扎紧劈开的这头，就制成了一张"蜈蚣排扇"了，挂在墙壁上等待阴干。

撑蜈蚣时，一大群鸡会贪婪地围过来游走在我们身边，赶都赶不走，趁我们不注意就从地上或我们手中抢走蜈蚣吃掉了。撑好的蜈蚣挂在墙上，也有老鼠趁黑前来偷吃。有的篾片太软，蜈蚣劲大，它们通过不停地伸缩身体，将篾片折弯，然后自行逃脱了，留下空空的篾片。

一晃三十多年过去了，现在想起来，当年我真有那么勇敢和皮实吗？

渔　趣

家在山丘上，山丘又被涢水河拐的一个大弯三面环绕，用各种方式打鱼就成了父母和我们姐弟每日的功课。

/ 消失得干干净净 /

小时候，河是一条五六米宽的大溪流，浅处没不过膝盖，大拐弯深潭处则深有丈余，河水清澈透底，甘甜沁脾，河滩上布满大大小小的鹅卵石。

那时，大人们白天忙着做农活挣工分，但也裹不饱肚子。晚上，人们将向日葵杆踩裂成条状，或是将干芝麻秆扎成一小束，或是用铁丝卷着破布条蘸上柴油，制成一个个火把，点燃，到河里去"照鱼"。

河水很清，鱼见到光后就趴在那儿不动，用鱼叉一叉一个准。那时候，整条河被几百个火把充斥，就像是一条巨大的火龙在游走，蔚为壮观。

那时我太小，帮不上忙，徒增麻烦，姐姐们不愿意带我去照鱼，要么趁我睡着了把我反锁在家里，实在摆不脱而带着我也是责令我跟着照鱼的队伍独自在河岸上行走。现在想来，岸上草丛茂密，蛇虫很多，仍留下了一些害怕的记忆。

那时候，修公路和水库堤坝等工程经常在农闲季节开展，很容易弄到雷管、炸药和导火索。

父亲用棉线浸点柴油裹在酒瓶腰上点燃，等燃完后轻轻在中间一敲，瓶子就断成两截。在瓶里填上炸药，用塑料布绑紧敞口处，将导火索插入雷管，再将雷管穿过塑料布插入炸药中，炸药包就做好了。

那时鱼真多！当时对导火索的性能不是很了解，第一次炸鱼时，导火索有近一米长，点燃后扔到水中等了很久才爆炸。随着水柱高高溅起，水面上浮起一片鱼，鱼肚子白花花的，估计有几十斤吧。

后来，下游拦起了大坝，修建了铁门槛电站，河水就涨起来了，形成了二十多米宽、五六米深的大河，我们开始了出门就划小划子的生活。

有一天，我去河边放牛，靠近河岸的两块稻田稻子已经收割了，涨起来的河水淹没了稻田，水面高出稻田有一尺多深。我发现稻田里有黑压压的东西，觉得很奇怪，走近高高的田埂一看，差点惊呆了：每块田里都有近百条草鱼在默默地游动，每条都有两尺多长，估摸着有二十多斤重，它们在捡田里遗落的稻谷吃，黑黑的就是它们宽宽的脊背！

我赶忙拴好牛，跑回家告诉父亲。父亲不相信！怎么可能有这么多鱼？但他还是决定去看一看。现场的情景让他也惊呆了。

父亲连忙叫了后屋的罗三叔，开始准备用两个炸药包同时炸。他们从床底下拿出了存放的炸药，可一看就傻眼了，六月份的大热天，炸药却受潮得根本没法用。没办法，他们只好找了几块瓦片，一边将炸药摊在上面抓紧晒干，一边烧断酒瓶子和准备雷管。我的任务就是去偷偷盯着鱼，别让人惊扰了。

焦急地等待是熬人的。大中午火辣辣的太阳晒得我们直冒油。

如果将鱼全部炸死，会有三四千斤，等于两家三年的收入！我们三个既紧张又兴奋。

炸药包终于搞好了！鱼还在！父亲和罗三叔各拿一个悄悄来到高处的田埂上，同时用烟头点燃了炸药包并向下面的稻田扔去。

"轰，轰……"两声巨响接连响起，震彻山谷，起伏回荡。可惜，水面没有溅起我们预想了很多遍的水浪，也没有漂起白花花的鱼肚。水太浅，为了避免鱼被惊吓走，保证炸药包一落水即刻爆炸，父亲他们将导火索留得很短，又因为他们站的地势较高，炸药包在空中运行的时间超过了平时，炸药包离水面还有一寸多就爆炸了。

就在炮声响起的一瞬间，所有的黑色消失得干干净净，不留一丝痕迹，好像根本就没有鱼来过一样。

只剩下呆呆傻傻的我们三个。

/"断子绝孙"式地打鱼/

冬天，人们顺着大河选取一些河汊口或低洼地区，将砍下的一些灌木连同树叶，集中扔进河里，在河底形成一个个"沤子"。鱼儿在冬天喜欢钻进这些沤子里，既能取暖，又有安全感。过一段时间，将炸药包丢进沤子里，就容易炸到很多鱼。

寒假里，我都早早地起床，撑起划子顺着河道去捡鱼。在炸鱼的现场会漂浮起一部分鱼，但也有一部分鱼被炸死后会沉到水底，要过几个小时才会浮起来；还有些鱼当时被炸伤了，会游很远并且晕晕乎乎乱窜，要费些工夫才能捞起来；有的大鱼甚至要等到肚子腐烂了才能漂浮起来。有一次，我远远看到河里漂浮着有一只拖鞋那么大的白点，漫不经心地划过去，一看，真是一条鱼，不过我的鱼勺根本捞不起来，隐在水下的鱼身竟然有一米多长，有三十多斤重！可惜的是肚子已经腐烂了，不过它的后背有两寸多厚，仍然是未变质的，在那个时代对我们来说真是一次饕餮大餐。

捡鱼也需要经验，远处的白色漂浮物就是有鱼的信号。不过，被白泡膜、白拖鞋和白塑料袋混淆视线害得白跑一趟的事也经常发生，关键就是要根据形状和色泽去分辨，这些技巧需要积累。

随着对炸药的运用越来越熟练，也越来越频繁，河中的鱼也越来越少，也变得越来越精。为了抢住时机，炸药包的导火索也留得越来越短。原来是把炸药包丢进水里等着炸响，到后来变成人们在河边等候和巡视，一看到哪里涌起鱼搅动的水花，就即刻点燃炸药包砸过去。

炸药包还没扔出去就爆炸的事经常发生，非死即伤，沿河岸的村庄里多了一些少了一只胳膊的"一把手"。有的是从划子上被炸伤跌落河中；有的是大雾中炸鱼，导火索已经点燃了，以为没点着，凑近去再点火时刚好爆炸了，被炸得面目全非；还有更离谱的，一个人天未亮就去抓鱼，一手拿手电筒，一手拿着点燃的炸药包，结果将手电筒扔进河里，却留着炸药包爆炸在手里，从而失去了整个手臂。

炸死炸伤的人多了，村坊里传说是炸鱼的人伤了太多的命，作了太多的孽，是遭了报应，被鱼的灵魂遮蔽了他们的眼睛，所以总出事。一些人很害怕，有些忏悔，后来政府又严格禁止和严厉打击炸鱼行为，炸鱼就慢慢淡下来了。

有的打鱼手段更恶劣，最卑劣的就是毒鱼了。有的人趁黑将几大瓶剧毒农药"敌敌畏""一扫光"等倒入河中，一大早整条河的鱼都翻起了肚皮，小鱼小虾也未能幸免，真是凄惨悲凉！沿这条河还有几万人在喝这河里的水啊！

被毒死的鱼大部分被捡起来拿到县城或是附近的集镇卖给了"公家人"，或是被办喜事、丧事的乡里人家办了酒席，沿河人家把零零星星捡到的鱼也吃进了肚子。这种方式受到乡亲们的强烈谴责，派出所也介入侦查，但河道太长，终究是不了了之，徒增了一些人们的好奇和谈资罢了。

还有电鱼也令人讨厌！他们穿着长皮革防水衣，背着蓄电池，一手拿着绑着铁丝的竹竿，一手拿着鱼勺，在小河沟里逆流而上。随着电流的释放，小鱼小虾瞬间被电翻了，顺着水流流进了鱼勺。据说，这种电击对鱼虾的生殖功能会造成极大伤害。

这些"断子绝孙"式的打鱼方式让人心痛，也遭人唾骂，很多打鱼的人也遭遇中毒或电击的伤害，并殃及家庭和他人。现在想来，不是他们不知道这些伤害，也许当时他们的家中有亲人病重正等着救治，或是孩子因未交学费而被老师赶出教室。如果生老病死有保障，谁会选择这么愚蠢和遭天谴的行为呢？

/"健康"地打鱼/

其实，大人们也有很多"健康"的打鱼方式。

家里有很多粘网，根据网眼有几根指头宽分成不同的大小。父亲撑着小划子，将网依次放下去，过几个小时再来顺着浮漂依次收网，网眼中就卡着活蹦乱跳的鱼。摘下来，丢进划子的舱中，鱼照样鲜活。

对于堰塘中的鱼，大人们会使用撒网、坞网和拖（拉）网。

双手握住撒网的头，右臂将网旋转着撒出去，浮标漂着，网脚沉到水底，再往回拉，上岸时网子里就是满满一兜子杂鱼。

坞网跟撒网大致一样，不同的是网子是连在两根竹竿上，浮标和网脚都轻一些，但网可以撒得更远一些，还可以用两根竹竿拍打水面，将小鱼往网中驱赶。接着，将两根竹竿伸到胯下，双臂使劲往上扳，网子就慢慢露出水面。用这种网，有时也可以网到大鱼。在农村，鱼塘都承包了，网一些野鱼小鱼可以，放养的鱼和大鱼是不让网的，主人家会翻看鱼篓，网到了也要交给主人。有一次，姐夫喝醉了，说他出去打坞网时，衣服里面有一个防水夹层，弄到大鱼了就偷偷塞到胸前夹层里，主人家看不到。姐夫狡猾狡猾的！

快过年时，拉网就派上了大用场。顺着堰塘这头将网放下去，两边各有十多人拉着网头的绳索，一起向前往堰塘的另一边拉去，整个儿一网打尽的势头。随着拉网的推进，堰塘中的鱼都感受到了威胁，有的鱼继续向前游，有的鱼焦急地跳动起来，还有的鱼则逆向跳跃翻越了网漂跳到了后边；等网差不多拉到堰塘边时，就更热闹了，所有的鱼炸开了锅，拥挤、翻滚、跳跃，白花花的，闪耀着眼睛；还有一些红锦鲤格外引人注目，招来一片惊叹，也映红了乡亲们欣享丰收的笑脸。这样的拉网行动会反复几次，小鱼会被及时重新丢回塘中，剩下的就是大伙高高兴兴分鱼了。红锦鲤一般会被将要娶媳妇的人家先定下来，作为初次上门的见面礼。

父亲还有一手独门的打鱼技术，估计好多人听都没听过——土铳打鱼。夏天，一群一群的黑鱼在河边的柳树树荫下悠闲地漂浮，老家叫鱼"漂青"。父亲在土铳里填上火药后，不是像往常一样装入铁砂弹，而是在铳管里放入两三支细竹筷或细竹条，站在岸上，对着鱼群开火。"竹筷雨"过后，就有一两条几斤重的鱼中招了。

/ 鸬鹚捕鱼 /

家里承包整条河几年捕捞权后，每年都会请养鸬鹚的来帮忙捕几次鱼。他们三四个人，每人有四五只鸬鹚。来的时候，有的人扛着划子，有的人挑着木棍，棍上站满了鸬鹚。

老家把鸬鹚叫"鱼鹰"，它们浑身乌黑，只有嘴巴下面有少许白色绒毛，喙根部是黄色的，眼睛犀利，硬硬的上喙前部有弯弯的利钩向下与下喙紧紧吻合。

下河前是不喂鸬鹚的，还用一根细麻绳松松地系着它们的脖子，防止它们把捕来的鱼吃掉。划子下河以后，鸬鹚待在划子上偷懒，主人就用竹篙驱赶它们；下了河以后，它们仍然不想干活，趁主人不备又从他身后跳上划子休息，主人只好再次把它们驱赶下去。这样反复玩一会儿,直到带头的那只鸬鹚夹起了第一条鱼,鸬鹚们的好胜心才会被激发起来,再加上主人"嗷嗬嗷嗬"的吆喝,鸬鹚们就争先恐后地往水底钻去,叼起一条条鲜活的鱼来。

通常是几个划子排成一排,顺着河道一路搜捕过去;在宽阔的深潭处,则各个划子围成一个圈,防止鱼逃跑。

它们叼住小鱼后,会吞进自己的脖囊中,主人将竹篙伸到它们身下,它们就抓住竹篙,随着主人滑动竹篙来到划子上面。主人一提它们的脖囊,它们的嘴巴就张得开开的,一倒,囊中的小鱼就哗啦啦吐出来掉入舱中,然后主人又直接将它们抛入河中。

它们叼大鱼的位置都很巧,并且善于保护自己不受伤害,两斤多重的鱼被它们叼住了也束鳍无策;当然,也有刚好夹住鱼尾的,鱼拼命挣扎,并侥幸脱逃的;碰到有四五斤以上的大鱼,马上会有两三只鸬鹚飞奔过去支援,合力将鱼叼住,主人赶忙用鱼勺从下面稳稳接住后,鸬鹚才会松开嘴巴。这种情况下,鸬鹚们都会在主人划子边优美地旋上几圈,就像得了金牌的运动员绕场几周挥手示意,释放一下得意的心情,也在主人面前表表功劳。当然,它们有时候为了争功,也强行从别的鸬鹚口中夺食,结果数败俱伤,鱼儿脱逃。

回到家后,主人会各用三根竹竿搭起两个支架,支架中间搁置一根竹竿,鸬鹚们就站在上面休息。主人会选取一些不会造成鸬鹚喉咙伤害的小杂鱼抛给它们,它们会准准地接住并一口吞下,过了不大一会儿,它们就接连"噗噗"地喷射出白色腥臭的稀溏大便,然后满意地"嘎嘎"叫上几声。

（杨福徐 画）

主人"嗷嗬嗷嗬"地吆喝，鸬鹚们就争先恐后地往水底钻去，叼起一条条鲜活的鱼。

娃娃捕鱼的快乐

相对于大人们把打鱼作为工作或补贴家用的主要手段来说，作为小孩子的我们，每天都可以找到打鱼的工具和机会，用各种方式捕鱼永远都是快乐有趣的。

在放学路上，见到小溪流小河汊里有鱼，我们几个人会合伙用泥巴拦起一个小小的坝，再用手将水舀出去，水位就降低了，接着我们就在草丛和泥缝中追逐，通常都有所斩获，然后用树枝或野草将鱼串成一串，神气地拎回家去。

夏天，石头缝里摸鱼则成了游水高手们表现的季节。我们光着身子，跳进河潭里降暑，从河边的歪脖子柳树上无数次跳入河中，然后比赛游泳、憋气、扎猛子，等玩够了之后，就去石头缝里摸鱼。石头缝里空间小，几个人分别堵住几个出口，手伸进去就可以抓到黑鱼或鲢鱼。有时候也潜到深一些的潭中去摸，不过比较危险。潭深处有暗流，水也凉，容易抽筋，也可能发生手被卡住或是抓住了鱼但洞口太小抽不出手的状况。

在摸炸沉到深水区的鱼时，需要下潜的时间较长，我们就安排人站在划子上，把竹篙竖直地插到水底，其他的人就能顺着竹篙快速下潜而摸到沉鱼。

村中有一个排灌站，两季都要从河中抽水上来，顺着沟渠灌溉农田，也有不少鱼虾被水泵抽上来。我们在沟渠中设置了一层一层的小拦网，每个人都会拦到泥鳅、黄鳝和杂鱼。

为了清理塘泥，人们会把水塘里的水放干，然后抓鱼。一些鱼不是被抓住了就是翻起了肚皮，但鲫鱼、泥鳅和黄鳝则是最具生命力的。我们在淤泥中摸索，时不时都收获惊喜。双手抓不下时，不是放进扎紧裤腿的裤裆里，就是直接咬在嘴巴里。有的人更有本领，在人们经过反复几次捞过，都认为绝对已经没有鱼了的时候，还会在仅剩下一丁点水的浅水塘里放下粘网，然后用竹棍敲打水面，过一会儿竟然又有鲫鱼穿过泥巴钻入网中，可能是对水的强烈渴望让它们义无反顾吧。

妈妈杀鸡以后，鸡肠就归我了。我攥着长长的鸡肠的这头，将另一头丢入水中，过一会儿感觉有动静，猛然一扯，几条大虾就被带到了岸上，蹦蹦跳跳；要么将鸡肠拴在竹筐里，浸在水中，就站在筐边候着，等一会儿突然把竹筐提起来，里面就有小鱼、小虾、泥鳅等一大团慌慌张张乱挤乱跳。

家里还有一种"虾搭"，像金字塔形的，前面敞开着口，后面用纱布围住，顶上连着一根竹竿，拉着虾搭沿着塘边转一圈，就有一网兜小虾米。

姑姑还有"虾笼"和"挑网"。虾笼是两个半椭圆形的竹编笼子扣起来的，两头中间都留有向内的入口，在笼中放置食物，鱼虾钻进去容易出来就难了。

挑网是两根竹片十字相交后再弯曲成半圆形，用一块白纱布绑在四只脚上，在中心部位拴上一块香喷喷的煎饼，再将网子放入浅水处，网顶露出水面。等待一段时间，在岸上用竹竿一挑网子顶，鱼虾就被带上来了。那时我力气小，挑网速度慢，经常一边挑着网，一边看着鱼虾在奔逃，最终挑起了一只空网。记得每次去姑姑家，当从屋后的山坡下山时，总能闻到厨房里姑姑煎鱼饵饼的香气，我自己都很想吃一口；每次姑姑将几簸箕红红的小虾米晒在太阳下，我都真真切切地嗅到收获的味道。

夏日钓鱼

下小雨的夏日，是最适合钓鱼的。

钓竿是自己早就做好了的，通常是斜斜地挂在房屋山墙上。到河边竹林中砍几根修长的竹子，在火堆中烤一烤，修正一下弯曲的部位，主体就完成了；套上父亲补粘网的线；浮标就用一截芦苇秆、麦秆或是鹅羽毛管充当，再用红墨水涂红；沉坠是用废牙膏皮卷成的；只有鱼钩是父亲赶集时买回的，实在没有时自己就用别针磨制改装而成。

拿着马扎，穿着塑料布雨衣或父亲的蓑衣，戴着斗笠，装上一罐头瓶蚯蚓，坐在河边，甩开架势开钓。

两边竹林青翠，山峰倒映，河水清澈，微雨斜斜，别有一番小情趣。

最常钓到的有参子鱼、刁子鱼、黄骨丁等，当然也还有用青草芯钓起的草鱼。

参子鱼十来厘米长，短小精悍，反应迅捷，经常成群结队游荡抢食，下口快，动作猛。钓参子讲究快，一扔下钩就往回扯，运气好时钩钩不落空，一群参子给钓个大半。到深圳后有一次陪朋友钓参子，用的是荧光钩，一根线上绑几只钩，一放钩就扯回来几条参子。后来我放弃了这种钓法。钓鱼连饵都不用，我觉得咱们人类真坏，也替参子感到悲哀！参子被钓上岸后连续地跳跃翻腾，几乎不沾地，好像在展示自己的活力。

刁子鱼又叫"翘嘴白"，是家乡的一道名菜。它身形流畅，下颌上包，浑身银白，鳞片细小，眼睛圆大，吃小鱼，性凶狠，游水速度快。所谓"浪里白条",就是指这种鱼。刁子鱼肉质细嫩,味道鲜美,白而不腥,杜甫有诗云:白鱼如切玉。刁子鱼离水即死,仿佛一介壮士,不成功,便成仁。

黄骨丁,湖南人叫"黄鸭叫",全身黄黑色,嘴阔无鳞,唇上下各长有黑胡子和白胡子,背上和侧面都有尖尖的长刺,钓出水面后会"唧唧"地叫,好像在抱怨叫屈,发泄不满,老家又叫它"唧唧公"。将它摘下钩时要很小心,如果被刺扎了,恶痒恶疼。黄骨丁煮豆腐或干锅都很美味。

光着脚丫,扛着钓竿,提着鱼篓,东家两条,西家三碗,共同尝鲜,不亦乐乎。

/ 我们曾经的捕鱼乐趣 /

小时候,最深的印象就是水清、鱼多、人傻。

水冰冽甘甜,清澈透底,鱼儿也看得清清楚楚,整条河就像是我们的菜园,想什么时候去捕鱼就什么时候去捕鱼,即使方法很笨,也能弄到鱼,反正待客或是加餐总是能满足的。好像那时候的人挺容易知足,适可而止,也没有整天琢磨着要怎么把鱼虾捞得多多的去卖钱。

有时候,端着鱼勺站在河边"守岸待鱼",也可以直接捞起游在岸边的鱼或接住跳起来玩耍的鱼。暴雨过后,堰塘泄洪,塘里的鱼也顺着水渠逃跑,我和三姐去菜园摘南瓜,拿着箩筐在水渠里扣住几条五六斤重的大鲤鱼,带给父母意外的惊喜;父母在秧田扯草时,也会时不时捉到几条鲫鱼。

有一个冬天,特别冷,堰塘面上结了厚厚的冰,我们拿着小板凳翻过来放在冰面上当滑车玩,不亦乐乎。有一个小伙伴突发奇想,偷偷拿来父亲做木工用的凿子在冰面上凿了一个碗口大的洞,竟然不停地有鱼从洞里跳出来落在冰面上,又是一次意外的收获。

随着农药化肥的广泛施撒,炸鱼、毒鱼、电鱼等打鱼手段的频繁使用,河里的水愈来愈混浊,鱼虾也越来越少了。据乡亲们讲,等到涢水河上游建起了十几个橘子罐头厂之后,状况就更加恶化了。工厂浸泡橘子的废水直接排放到河里,河里的水草也肆意疯长,差不多充斥堵塞了整个河道,整条河的鱼虾都遭了殃,比毒鱼的危害更猛烈……

土壤是大地母亲的肌肉,河流是大地母亲的血管,鱼虾就是血管中的营养成分,养育了我们这些凡夫俗子,抑或是不肖子孙。馈赠给我们乳汁,满足我们成长生活的正常需求,符合天地道义,但是如果为了攀比和虚荣,追求无尽的欲望而去疯狂压榨和摄取,母亲早已内心苍凉,不堪负累,如今,母亲肌肉被毒化萎缩,血管污染栓塞……

呜呼哀哉,我们的母亲河,我们的鱼虾,还有我们曾经的捕鱼乐趣……

难忘的"大黑"

离开家乡来到深圳居住好多年了,父母好几次和我聊起前一晚又梦见了家里原来的"大黑"牛了,大黑还亲热地蹭了他们的腿,不知道它到别人家后怎么样了,父母的眼角都还有些湿润。

在农村,牛是最重要的家当。耕田耙地那些粗重的活,人干不了,全靠牛。农忙季节,气候不等人,没有牛可用,就容易耽误播种时机。家中有牛,心中不慌。那时,牛也能卖出大价钱,一定程度上,牛就是财富的象征。

说到这儿,想起一个故事:三十年前,从深圳到西南边远乡村锻炼的一名干部走访一个乡村。方圆几十里,当地最富有的就是这个村的村主任,村主任说听说深圳人很有钱,就问这名干部深圳人到底有多富,深圳人反问他有多富,他说:我是这儿最富的,有四头牛,我估计你们那儿的富人最多有八头牛!

这只是一个故事,但是可以看出在农家人的眼中,牛是多么金贵。

分田到户第三年的那个春末,父亲终于决定用全家人起早贪黑几年积攒的所有储蓄单独购买一头牛。

当父亲把大黑母牛牵回来时,他特意在村里人常常聚集的村口停留许久,看着平时瞧不起他的村主任那副艳羡的表情,父亲仿佛买回的是一辆宝马汽车。

他再不用为等着牛耕田耙地而焦躁上火,也再不用为借牛碾谷而低声下气。

那头牛骨架粗大健壮,浑身毛色黑亮,眼睫毛长长的,一副温顺的模样,四姐就叫它"大黑"。

暑假的每天清晨,我都会早早领着大黑到山坡上放养,哪里的水草肥美,我早就侦察好了。早上气候凉爽,粘着露水的青草新鲜柔嫩,湿润富有营养。

趁着牛吃草,我还割满一大筐青草,留给大黑晚上当点心吃。俗话说,"马无夜草不肥",牛也一样。

大黑吃饱了,气温也升高了。我轻轻地拍拍大黑的头,它顺从地低下了头,我一脚踩着牛头,一手扶着牛角,它头一抬,脖子再向后轻轻一摆,我就借势稳稳地坐在了牛背上,背着竹筐吹着树叶往回走。

大黑来到河边大柳树下,便跳进河里洗澡纳凉,还时不时摆摆耳朵、甩甩尾巴驱赶蚊蝇。

下午凉下来后,我牵起大黑再去放养一次。山上的蚊虫很多,有一种黑灰色的牛虻,个头很大,嘴巴像钻子一样尖硬锋利,刺入牛皮吸食牛血,伤口很深,流血不止,疼得大黑浑身颤抖或是乱踢乱弹。被牛虻吸食过的伤口处常常聚焦一堆蚊蝇,容易造成感染。我对牛虻恨之入骨,找准机会就抓起鞋子狠狠地拍死它们。我找到蒲公英,把茎叶捣烂了,敷在伤口处,既清清凉凉,又止痛消炎,大黑也很喜欢。

晚上,我把大黑牵到泥坑边,它高兴地躺进去,左打一个滚,右打一个滚,还用尾巴把泥甩到后背上,让全身都裹满了泥,就像披了一层厚厚的盔甲,足以抵挡夜晚蚊虫的侵扰,只剩

047

下两只眼睛露出来，眨巴眨巴的。

　　冬天，田野一片荒芜，没有青草可吃。父母早就为大黑储备了当年的干稻草，我每天去井里提来温暖的井水，并加一些淡淡的盐，撒在稻草上；用榨油后的棉籽壳制成的油饼香喷喷的，大黑最爱吃，我用斧头把油饼敲得碎碎的，半夜喂给它，增加营养不掉膘。寒冷时节，父母将它安置在铺满厚厚干草的牛棚里，还会仔细地检查牛棚漏不漏水，并细心地堵上所有透风的棚洞。

　　那时剧毒农药使用比较普遍，最让人紧张的事就是牛中毒。别人家的牛趁主人不注意溜去偷吃了喷洒过农药的庄稼，就中毒了，浑身的毛支棱起来，上吐下泻。我们家的大黑比较通人性，知道哪些是自己盘中的菜，在田埂上放养时也不偷吃庄稼，让我很省心。

　　大黑干活从来不偷懒，父亲的牛鞭也从未真正使用过。真的需要赶时间，父亲只要轻轻地对大黑说"伙计，天要黑了，我们要搞快一点"，然后扬扬鞭子，吆喝一声，大黑就自己加快了步伐。

　　每次忙完农活，父亲赶忙卸下套在牛颈子上的牛梭子，让它到树荫下休息一会儿，有时还折下一根树枝，心疼地帮大黑扇扇风。

　　我上高中和大学那几年，大黑牛不仅每年生一头健壮的牛犊子，而且还不耽误农活，邻里乡亲们都直嘬嘴称赞：这牛真神了，连怀小牛都会选择好时间，真会报答主人呐。那几年，我的学费和生活费都有保障了。

　　过春节的时候，父亲会在牛棚门上贴上"六畜兴旺"之类的春联，也在牛角上贴上单字联，如"旺""财""宝"等，并给大黑盛上一大盆白米饭，感谢它一年来辛勤的劳动。这时，牛也仿佛感受到谢意和节日的气氛，用鼻子蹭蹭父亲，舔舔父亲的手。

父母离开老家前，千寻万寻找了一户细心善良的人家，把大黑卖给了他，并且比原定价格少要了一部分钱，就只提了一个要求：要好好地待它，不要打它。

父母走时，又一次抚摸大黑，大黑也好像知道主人要离开它了，长时间紧紧地盯着主人，眼睑上蒙上了一层迷雾……

忠诚的"阿黄"

/ 我的小卫士 /

那年我六岁，刚上小学。

一天黄昏，父亲像往常一样右肩扛着土铳回到院子里，这次，他没有直接走进堂屋里去挂猎枪，而是蹲下了身子，竟然从左臂弯里放下了一只小狗。

那小狗浑身黄色的绒毛，间杂着一些小白细毛，四只脚都是白色的，就像踩在雪地里；三角形状的耳朵尖软软的耷拉着，鼻头和眼睛黑黑的，眼神明亮又有点萌萌的，一副天不怕地不怕很神气的模样，大胆地四周张望着，一边嗅来嗅去凑到我跟前。

一瞬间，我就喜欢上了它，并取名"阿黄"。

那个黄昏有点暗，但因为阿黄的到来，天空似乎变得很明亮，至今仍印在我的脑海。

阿黄来了几天就显示出它聪明过"狗"的天赋，吃饭、睡觉、听话都很通人性。若有陌生人来村里，隔着好几百米它就会发出连续警惕的吠叫；若是家里的客人来了，到院子大门时，它会低声浅叫一声当作问候，同时提醒正在厨房忙碌的母亲快快出来迎接客人。它很快就把家里人、村子里的人和来访的客人以及陌生人分辨得很清楚，并给予相应的对待。

阿黄来了以后,我除了睡觉,所有时间都和它腻在一块儿。父母不让狗睡到主人房里去,在农村,狗天生就是在屋檐下守门看院的。

上学的时候,我也曾经把它带到学校去,上课时间,它就会在教室外墙边躺着,耐心地等我。但它吸引了太多小朋友,老师和家长们都有意见,只好作罢了。

放学后,我飞一般地往家跑,一回到村口,阿黄就已经早早在村口等我了;等它稍大一点后,它就远远地跑到村外山头上迎接我,见到我或是听到我的声音,飞快地跑过来,兴奋地蹭我的腿,或是跳起来亲吻我,或是在地上打滚,仰躺着身子让我抚摸它的肚子……我们俩相互追逐着,一起欢快地跑向家去。

家里人都是阿黄的主人,但在它的眼中,我才是它最亲近的小主人,是最真正的主人。

有时候,我和小伙伴吵架了,阿黄马上挺上前去对着别人咆哮,尽管奶声奶气。那时它太小,小伙伴一脚就把它踢飞了,它闷叫一声,赶紧爬起来,又挤到我们两人中间护着我,我心疼地连忙抱起它搂在怀里。

/ 家务小能手 /

阿黄逐渐长大后,开始承担家务。

种子撒播下去后,还有重要的后续工作就是看护好田里的庄稼以及晒麦(稻)场上的粮食。

我用手一指，阿黄就冲向田里刨种子的鸡，将它们追得仓皇逃窜。

（杨福徐 画）

麦子播种后，鸡总是去刨地，翻出种子吃掉，特别是离村庄近的那几块田，情况更糟糕。大人们做了很多稻草人，但几天后就被鸡识破了真面目。专门安排人去驱赶吧，真浪费不起劳动力；安排我们这些孩子吧，总是坚持不住，一不留神就跑了。

派我去执行这个任务时，我手一指，阿黄就冲向田里刨种子的鸡，将它们追得仓皇逃窜，对于坚决赖着不走的，阿黄竟然一口把鸡的脖子咬断了……

这可就闯了大祸！

在那时农民的家里，一只母鸡可是很紧要的创收来源，它的蛋是日常柴米油盐的经费保障。只是要求阿黄去驱赶，它表功心切，把事情做过头了。我赶忙将阿黄叫回来，拍着它的头，指着被咬死的鸡，教训了阿黄，阿黄懂事地点点头，从此之后再也没干过这种事。

也好，此次"杀鸡骇鸡"事件后，只要阿黄在田埂附近一出现，公鸡母鸡们都早早溜之大吉，再也不敢到田里吃种子。

麦（稻）收时节，晒场上晒满了麦（稻）子，有很多小鸟或附近的鸡都来偷吃，我将阿黄安排在那里上岗，就可以高枕无忧了。

/ 打猎好帮手 /

阿黄的主业是协助老爸打猎，它的入行训练也波澜起伏。

刚开始，阿黄不知道自己的工作任务是什么。老爸出去打猎时，它不知道要跟着"出勤"，赖在家里玩；后来终于知道跟老爸走了，到了野外，它又总是跟在老爸屁股后面，不知道主动到灌木丛中去搜寻并驱赶猎物,还以为是去走亲戚,逛起来优哉游哉。

后来,老爸和姑父带上姑父的老猎狗"阿花"一起出去,让"阿花"对阿黄言传身教。

阿黄终于从阿花身上明白了工作任务,兴奋地钻到草丛中驱赶起一群山鸡,山鸡们惊慌地四散飞起,老爸举枪便射,一只山鸡应声而落。阿花迅速地跑过去叼起了战利品,飞奔回来向主人邀功。

大家一起清理战果准备回家时,阿黄却不见了踪影,千呼万唤也没有回应。等我们回到家里,发现阿黄已经逃回到院子里,并趴在墙角瑟瑟发抖。原来,阿黄被枪声吓坏了。

为了给阿黄练胆,我和老爸带着阿黄来到山冈,由老爸对天放空枪,让阿黄适应枪声。刚开始,一见到老爸举枪,阿黄就想逃跑,我紧紧搂着它安慰它,它还拼命地左冲右突要挣脱,在挣扎中枪声响了,它可能突然觉得枪响声其实也没有什么可怕的,竟然安静了下来。

经过几次训练,阿黄再也不害怕枪声,反而一见到老爸扛起枪,就跳起来跟着老爸去"开工"了。

为了教会阿黄临战随机应变,老爸也着实费了一番工夫。主要问题是在偷袭猎物时,阿黄不知道要在枪响之前潜伏隐蔽自己,反而夸张地冲过去,惊走了猎物。

当老爸先发现了猎物时,就拍拍阿黄的头,然后自己勾着腰,提前枪,蹑手蹑脚地从灌木丛之后向猎物靠近;阿黄见到主人这个样子,也伏下身子,学着样子蹑手蹑脚地跟在主人后面。待到主人枪一响,阿黄就像箭一样向猎物射过去。

新问题又出现了?!

老爸枪响过后,明明看见一只山鸡中枪直直落下,阿黄也迅速跑过去了,可是等了半天,也不见阿黄叼着猎物回来。老爸大声呼唤,又过了一会儿,阿黄才跑过来,不过没有叼着猎物,嘴边却沾着血迹和羽毛——它把山鸡给吃了!

毕竟是小孩子,第一次这样,不懂事!

老爸把阿黄带到它刚吃过山鸡的地方,指着满地鸡毛,拍了几下阿黄的嘴巴,盯着它的眼睛,呵斥了它,告诉它:吃掉山鸡不对,下次再不能这样了!阿黄睁大眼睛望着老爸,浅浅地叫了两声,表示明白了。

以后,不论多么饥饿,阿黄再也没有吃过猎物,绝对是第一时间将猎物送到主人身边。

几次实战之后,阿黄逐渐成长为一只全能的猎狗,无论是驱赶猎物,守候伏击,还是全力追捕,都展示出巨大的潜力。

老爸狩猎的成功率大大提升,家里的收入也明显改善。乡里乡亲都知道我家有了一条叫"阿黄"的好猎狗。

/ 有时也顽皮 /

阿黄就是我们家一名正式成员,也是主要劳动力。

在那个生产力低下的年代,一个壮年男子在农田里干一天农活,挣到的工分折算不到一毛钱。阿黄配合老爸打一只山鸡或一只兔子,就能卖到三元钱,相比来说,算是巨大的收获了,也惹得乡亲们很羡慕。

只要老爸和我走亲戚,阿黄都会和我们一起去。在亲戚家里，阿黄受到的不是像一般的狗那样吃剩饭的待遇，出于对它的尊重，主人都会盛专门的饭菜单独给它吃，享受"人"的待遇。

阿黄挺爱干净的，小的时候不敢下水洗澡。夏天，我趁它不注意抱起它把它抛进了水库，它惊慌失措，在水里乱扑腾，用哀求的眼神望着我。

我也脱光衣服，跳进水里，游到它身边，让它搭在我肩上。见我在身边，它的胆子也大了些，马上平静下来，就试着左划划右划划——原来，自己会游水啊！它马上就不怕了。我把拖鞋扔向远处，它马上游过去衔住鞋帮我送回来。

游完泳回到岸上，在我穿衣服的时候，阿黄故意在我身边用力抖抖身子，抖了我一身水珠，算是对我趁其不备抛其下水的惩罚，然后很爽地跑开了，引得我去追它，搞得我哭笑不得。

有时候放学回家，在村外山头没见到阿黄，村口也没见到，回到院子也没见到，我着急了，大声喊"阿黄，阿黄……"也不见回答。

我很失落，有点疑惑，也很郁闷。

突然，两只毛茸茸的爪子搭在了我双肩上，一张喷着热气的嘴巴凑到我耳朵边，"汪"地低声浅叫了一声。

原来，阿黄在和我捉迷藏，从角落里悄悄地冲出来故意吓我一下。

我转过身，双手抱着它，一起翻滚到地上嬉闹。

我们家的小山村三面环水，要出门就得撑小划子（一种小木船）。冬天的时候，阿黄也不傻，不下河游泳，蹭蹭几下就跳进船舱里，等着我用竹篙撑船到对岸去。下船时，它跑得比我还快。

夏天的时候，它就不坐船了，直接就游了过去。

不过，夏天打猎归来时，老爸一般不让它游水过河。刚刚追赶猎物出了大汗，老爸担心它在凉水里突然抽筋遭遇不测。

农忙时节，老爸忙着干农活，没有时间出去打猎。阿黄闲得发慌，有时自己溜出去打野食。有一天清晨，我刚起床，就见它叼着一只黑灰色的野兔进院门。原来他自己去"开工"了并带回了战利品。

暑假期间，放牛的事基本上都是我承包了，阿黄就是我的得力助手。我经常仰躺在草坡上，望着蓝天白云遐想，外面的世界到底是什么样呢？有时牛走得太远，或是绕到田地里偷吃庄稼，我手一指，阿黄马上去帮我把牛赶回来。有它真好！

外婆家离我家比较远，要走二十几里山路，爸妈没有时间带我去外婆家，就派阿黄陪我去。阿黄尽管让他们放心，它既防坏人，也防坏狗，一次也没让爸妈失望过。

姑姑家离我家有三里地，她家有一条"阿花"，年纪比阿黄大很多，是阿黄的师父，也是打猎场上的拍档。阿黄经常自己走亲戚去，跑去姑姑家和阿花玩，顺便在那儿蹭饭，当然它也知道姑父不会亏待它。姑父或父亲有时一个人要带两条狗去狩猎，亲戚也是它们的半个主人。

我们家的菜园都是种植带刺灌木做围墙的，有缺口的地方就用枯树枝堆起来充当围墙，阻挡猪偷吃蔬菜。阿黄经常跟我和妈妈去摘菜，知道哪几块菜园是我们家的。

有一次，它去菜园巡视，发现邻居家的一头一百多斤的公猪正在偷吃蔬菜，马上前去驱赶，那头猪仗着个子大而不把阿黄放在眼里，一边不情愿地哼叫一边拱挑阿黄，阿黄很恼火，将猪赶出菜园后还继续追咬，连我都呵斥不住，结果那头猪被咬了好几口，连肠子都流出来了。母亲只好充当了一次外科医生，将那头猪的肠子塞回去，再用纳鞋底的线将伤口缝起来，又在我家猪栏用小米加细糠喂养了半个月，待它的伤完全愈合后才还给邻居。

不过，阿黄从来不咬人，更不用说小孩了。

还有一件事比较有意思，就是夜间打兔子。初夏时节，黄豆苗刚长出嫩芽，夜间，趁着清凉，野兔们蜂拥而至，咬断根茎，作为美味的食物品尝，却会让父母的收成泡了汤。老爸将8节2号电池连接起来装在一个小木匣里，将电筒头用橡皮圈套起来戴在头上，再装上一个开关，自制成一个强光矿工灯。来到黄豆地里，突然一开灯，兔子被强光刺激，一下子就懵了，傻傻地愣在原地不能动弹，并用眼睛盯着灯光。顺着灯光开枪，一枪一个准。兔子们就惨了。不过，干这事经常是我和老爸去，一般都不带阿黄，怕它惊了场。有时，也躲不过它拗不过它，只好带它去遛遛，不过事前一定临时再给它上好"政治课"……小心憋不住性子露了馅。

/永别好伤悲/

我从没有想到过阿黄会以这样方式从我的视线里消失，也没有想到它会遭受到如此的不幸。多年后，想到这，我和父母心里都隐隐作痛。

阿黄生性聪明，也很善于交际，在村子里是狗群的头儿，到了陌生环境也总能与别的狗群和谐相处，免受伤害。

阿黄时时是和我或老爸在一起，都在我们的眼皮子底下，就是有时候跑去村周围玩玩，没有我们的许可一般都不会跑远，我们对它也很放心。

悲剧就发生在那个冬天，也是黄昏。晚饭时间，阿黄没有回来吃饭，我们以为它玩过了头，不记得回来，会像往常一样，过一会儿会回来的。又晚一些时候，它还没有回来，我们就去村里村外找，没找着；第二天又去各亲戚家找，甚至去邻县的外婆家，都没有找到。十里八乡的乡亲都知道我家这条好狗，都自发地帮忙寻找，但都没有找到。阿黄就像从未存在过一样，从此消失得无影无踪……

最不能接受的是我。它是我最亲密的伙伴和守护神，怎么说不见就不见了呢？父母也不能接受，它是我们家的主要劳动力之一，是为家庭创收的有功之臣，也肩负看家护院职责，已经成为家庭的重要一员。

真的，阿黄就此失踪了。没有在某一个清晨或傍晚如我们梦想多次的场景一样，突然出现在我们眼前，或突然从背后用双爪搭在了我的肩上，用舌头亲吻我脸颊……

我的天空从此变得很灰暗。

直到1994年我外出工作，父母搬离那个小山村后，我们才得知。就是那个冬天，阿黄发情了，隔壁村一家猎户有一只母狗与阿黄相好。这个猎人一直以来就羡慕我老爸打得一手好猎，就嫉妒我家有这样一只好猎狗，存心想除掉它。这一天，阿黄到这家院里与母狗亲热时，主人关上了院门，趁阿黄不备，用铁锹砍死了它并偷偷埋到后山旮旯里。

这个猎人的家我们也去找过，但他矢口否认看见过阿黄，还说帮忙寻找，我们根本不会想到嫉妒心会让人发狂到如此地步，甚至作为一名猎人也下得了手去残杀一条猎狗。

眼见我们家人的不懈寻找和众多乡亲们的真心惋惜,这个猎人也深深后悔和愧疚,但也不敢说出来,直到我们搬离小山村后几年,他才在临终前说出了这个秘密以求告罪和解脱。

永别了,阿黄,我的朋友;

安息吧,阿黄,我的伙伴。

梦里曾相会多次,永难忘你的容貌身影和陪伴守护,来生我们仍做好朋友!

淘 气 的 猫

/猫的习性和传说/

家住小山村，一直都养猫。

在家乡，方言中猫叫"财财"，与粤语中的"招财猫"是同一含义。家中养猫，寓意招财进宝。

相对于狗的忠诚来说，猫是善变而无情的。狗即使到死也是不离家的，而猫则是嫌贫爱富的，家里没有油水可吃，它就会不打招呼地离去；待到家里富裕时，它可能不知什么时候又回来了。

狗无怨无悔地露宿院边、屋檐，看家护院，稍有疏忽，就会被主人责骂或殴打，吃主人剩下的饭菜，或是经过主人的开恩在桌子底找寻地上的骨头。而猫则缠绵于主人手边膝上，即使是寒冷的冬天它在外边淋了雨，也敢强行钻入主人温暖的被窝；在抓了老鼠之后，兴奋地在主人旁边"喵喵"叫，寻求奖赏；主人吃饭时，它也敢堂而皇之地在饭桌上游走，甚至从盘中抢吃主人的肉骨头，还时不时提醒主人提供一顿鱼餐，沾沾腥气。

猫也显得很神秘。老人们说猫有九条命，千万不能打猫，更不用说杀猫了。隔壁村里有一位老人孤独地死在自己的床上，腐烂了很久才被村里人发现，不得善终。乡民们都说是因为她年轻时曾用刀砍死了一只猫,从而连续遭受丈夫横死等一系列报应。据说是因为那只猫经常到她家厨房偷吃那时非常珍贵的猪油。

老虎和猫都属于猫科动物,只不过一个大号,一个小号,外形和毛色都很像。在老家,都认为猫是老虎的师傅,老虎的很多本领都是猫教的。俗话说:"教会了徒弟,饿死了师傅"。过去师傅教徒弟时总会留一手绝活,一方面便于制伏徒弟,另一方面也防止徒弟抢了自己的饭碗。这一招猫运用得很好,否则连自己的命都保不住,这世上就只剩下老虎而没有猫了。

老虎在学习了猫教授的潜伏、跳跃、抓捕、撕咬等基本技巧后,以为学到了全部本领,逐渐对师傅不恭,并且仗着个头大越来越放肆。有一次,师徒二畜口语交恶,老虎竟然兽性大发,向猫扑过去,准备将猫吞了,好在旁边有棵树,猫飞速爬上树并且面朝下望着老虎相对峙,速度快得老虎连猫如何爬上树的都没看清楚。后来经过老虎赔礼道歉,师徒和好,之后老虎一直哀求师傅传授爬树技巧。猫就对老虎说:你看到我在树是怎么站着的吗?老虎说:看到了,你屁股朝上,脸对着下面。猫说:对,就是这样,爬树的时候屁股向上蹭上去。老虎私下对照此方法多次练习,但怎么都爬不上树,同时对猫是否还有其他绝招没有传授心存畏惧,不敢对猫再有所造次。

所以,时至今日,老虎还是没有学会爬树。

有时我想,如果师傅教人都留着一手,那徒弟不是很悲催,岂不是一代更比一代差?一个单位或公司的头抱着这样的念头招纳部下,岂不是最终会成为一个"矮子"公司?

/ 有趣的猫事 /

家里养了一个小猫,米黄色的条纹,四足是白色的,纤纤瘦瘦的,但眼睛特别明亮,很有神。

小猫对所有事物都感觉很新奇,你无论拿什么去逗它,它都会去追逐;没有人逗它的时候,它就追逐自己的尾巴,在那儿转圈,乐此不疲,让人看见忍俊不禁。

有一次,姐姐在那儿梳头,镜子放在地上,小猫无意中蹿到镜子前:哇,里面怎么也有一只猫?怎么不和我一起玩?它眼睛定定地盯着它,那个"它"也紧紧盯着小猫,小猫就用手伸到镜子后面去抓,什么也没抓到。

"咦,怎么回事?"小猫好纳闷。

于是小猫就假装往外走,眼睛却偷偷地往后瞅,然后突然回冲到镜子前,用前爪往镜子后掏去,结果掏了个空。

"好郁闷啊!怎么回事?"忙乱中,小猫把镜子撞翻了,镜子平躺在地上,小猫爬到镜子上一看:"哇,那个小猫怎么跑到地里面去了?"就用前爪去抓,又碰到镜面,"真搞不懂。"之后,小猫又反复尝试了多次,都没有搞出个明白,那段时间,小猫一直很疑惑。

小猫逐渐长大,捕鼠功夫不在话下,并且很有威望,只要它在屋里屋外叫一叫,老鼠们就都不敢吱声了。

小猫长大后,也有了自己的交际圈,并且谈起了恋爱,肚子也悄悄鼓了起来。有一天,猫去蹭妈妈的腿,并"喵喵"地叫,还叼着妈妈的裤腿往墙角去。妈妈马上明白了猫的意思,在竹筐里铺上旧布,为它营造了一个温暖的窝。过了几个小时,猫一次生了四只小猫,争相"咪咪"乱叫,家里一下子热闹起来。

小猫盯着镜子里的小猫,伸出爪子去摸它。

(杨福徐 画)

俗话说"狗拿耗子,多管闲事"。猫在家完成抓鼠工作之余,也会多管一点好的闲事。有一天,已经成为老猫的猫就从外面叼回一只灰黑色的野兔,让我们这些主人们大饱了一次口福。

有一次,老猫病了,躺在窝里懒得动,连叫一声的兴趣和力气都没有。老鼠们开始还很犹豫,觉得氛围与以往不同,但是没弄明白是怎么回事,还比较收敛;过了一会儿后,估计有信息灵通的资深老鼠发布了权威消息:猫病了。所以,不大一会儿,老鼠们便活跃起来,叫声、嬉戏声、打闹声、咬东西声……此伏彼起,家里各处便喧闹起来,吵得家人们都惊醒了,连忙打开灯查看是发生了什么事。

老猫被激怒了,"嗖"地一下跳上了屋梁,只听到"吱吱"几声惨叫,老猫从屋梁上跳了下来,嘴里叼着两只老鼠尸体。它把老鼠尸体丢在窝边,又软绵绵地躺了下去。即使饿了两天没有吃东西了,它也没有胃口吃老鼠。

屋内外一下便安静了,好像一出热闹的舞剧突然收场,人物、道具、乐曲一瞬间都消失得干干净净,就像什么事也没有发生过一样。

孩子们仍在酣睡,睡梦中没有这一切故事。大人们吹熄了灯继续补觉,他们只记得明天要早起去干农活。

黑黢黢的村庄重新恢复了往日的宁静。

小猫逐渐长大,猫妈妈开始找机会教小猫抓老鼠。

这段时间,猫妈妈抓到小个头的老鼠后,就将活的带回来。当它把小老鼠放开后,老鼠开始逃跑,吓得小猫们纷纷后退,或往母猫怀里钻。母猫看也不看,一爪便把老鼠抓回来又放在原地。这样几次反复后,老鼠在又惊又吓中被整得奄奄一息,小猫们凭着猫多势众,便不再害怕,会团团围住老鼠,你一爪我一爪地玩弄老鼠。最后,等小猫们玩够了,母猫就把老鼠咬死,分给小猫吃了。

小猫们第一次尝到血腥味,就开始了猎杀老鼠的征程。

闹 心 的 鼠

女儿吵着要买狗,去到宠物市场,女儿被几只长得圆溜溜、毛茸茸像灰线团一样的仓鼠吸引,一下子买回了四只。

老父老母看到后不禁感叹:一辈子与老鼠做斗争,没想到世道变了,连老鼠都变成了宠物。话虽这样说,心里也不乐意接受,但为了宠爱的孙女,他们也帮着照料小仓鼠们了。

现在,美国的米老鼠形象已深入人心,聪明的小老鼠把猫捉弄得团团转,在赢得人们大笑的同时赚取了大把大把的银子;中国戏曲"老鼠嫁女"中,一大群老鼠敲锣打鼓,抬着轿子,热热闹闹地办着喜事,展示着一派祥和的生活气象。

回想起来,住在老家那个小山村时,每个寒暑假,我都是在与老鼠们的战斗中度过的。

印象中,那时的老鼠真是太多了。我们住的是土坯的房屋,墙基是由石块垒起,地面上的墙体是用夹板围起来一层一层夯土叠加起来的。墙基石缝和土质墙体都是老鼠筑巢产子和来去活动的"广阔空间"。俗话说:"龙生龙,凤生凤,老鼠的孩子会打洞。"说得一点也不假,那时我们家房屋的墙边、墙体上,甚至连客厅地面都是老鼠们打出的地洞,时不时会有老鼠的小脑袋探出来张望。

那个年代,粮食本来就少,但老鼠们在田地里就开始偷窃,当粮食收藏到自家粮仓后,老鼠们还更大规模地出来掠夺。虽然我们建粮仓时已经在底部用石头铺了底,周边也尽量用水泥浇铸,但它们总有办法从下面挖出一两个洞,运用"深挖洞,广积粮"的策略,大肆搬运储藏。每隔一段时间检查粮仓,我总看到父母心疼、诧异、愤怒又无可奈何的表情。

那时,木柜是抵挡不住老鼠的进攻的,它们会咬出无数个洞钻进来偷吃,家中仅有的少量吃食都是放在瓷盆里或是坛子里,盖上瓷盖子,上面还得加上一块砖头,否则还是会被老鼠推开跳进去偷食。收获的花生和葵花籽等都是装进蛇皮袋里,用绳子吊在屋梁上,在绳子中间的位置还要打个死结,倒扣一个中间穿孔的旧洋瓷钵子,以防老鼠顺着绳子下来偷吃。

与老鼠的斗争中,我们斗智斗勇,也不断总结着经验,作战方式不下十种。

/ 养　猫 /

在家畜中,地少的人家可以不养牛,在农忙时节向别人借牛、租牛,但猫一定是要养的。养猫是保护劳动果实的必要手段,也是家庭还算殷实的一个标志。否则,别人会说你穷得连一只猫都养不起!

"一声猫叫,老鼠不闹",家里有猫和没猫的效果,一句话就可以概括。

没有猫在家,主人晚上就会被鸡恐惧的惨叫声所惊醒。大老鼠在鸡笼里追逐小鸡,引起鸡群一阵阵拥挤、踩踏和惊叫。

没有猫,孵化的小鸡仔根本就长不起来。老鼠在老母鸡的注视下，公然劫走小鸡仔。即使盖在竹鸡笼里的小鸡仔，也被老鼠咬破竹篾片后偷走。

没有猫，大白天里，老鼠也敢在主人的眼皮下从客厅里的一边窜到另一边，在经历多次没有碰到危险后，甚至放肆地从这边踱步到另一边。当然，有时也会异常不幸地被多管闲事的狗拿下。

家里通常会养一只猫，如果养的是母猫，它生的仔有时会被留下一只做伴。白天，猫基本上是懒懒散散地闲逛、睡觉，晚上则到处巡视，当然也不仅仅限于主人家。

/放　袋　子/

家里的老鼠很狡猾，很多时候走的线路险奇，连猫也追不到，抓不住。针对这些走固定路线的老鼠，我们用放袋子的办法让它们自投罗网。

我们发现它们经常从土墙的交接处上上下下，墙太陡，猫太重，土坷垃容易松动，猫没有办法去追赶。

家里装化肥的袋子是用化纤材料编织的，很光滑，也很结实，手感像蛇皮，我们叫"蛇皮袋"。晚上，我们将蛇皮袋沿着转角地方用钉子固定在墙上，并把袋口敞开，然后关灯睡觉。

半夜里，老鼠沿着老路从房顶墙角下来，"嘭咚"一声，没有像往日一样落到地面而是摔进了袋子里。袋子光滑坚硬，老鼠们意识到危险，爬上去或是跳起来，半道上都会溜下来，咬也无处下口，急得在里面左冲右突、东咬西啃也无济于事，只能望口兴叹，在急躁恐慌中等着厄运降临了。

放板子

为了对付白天出来干坏事的老鼠，我想出了放板子的办法，是从野外抓活鸟的方法启发而来的。

找来一条四块红砖长、两块红砖宽的厚木板，在上面固定放好两块砖或石块增加重量，然后用一只木棒将木板一端撑起来，在木棒底部系一根细麻绳，再在木板下面撒一些大米、稻谷或黄豆等老鼠爱吃的食物，牵着麻绳走到几步外的地方"守板待鼠"就行了。

不一会儿，老鼠就鬼鬼祟祟地出来了，可能是一只，也可能是几只。先是探头探脑，东张西望，摸摸索索前进，走到板子下面后，见到食物，就大快朵颐起来。

这时，它们的警惕性已经被食物的诱惑所冲淡，暂时忘记了危险，有时甚至为了抢夺食物而大打出手，完全不把人放在眼里，俨然这里就是它们的家园和粮仓。

看准时机，我猛然一拉麻绳，木板即时倒下，下面便寂静无声，或传来"吱吱"的惨叫呼救声。偶尔，也发生过老鼠太大，受伤后仍然顶开木板挣脱的意外事件。

鼠夹子

一天晚饭时间，一个陌生人敲我家的院门，父亲问是干什么的，那人扬了扬手中的一个东西，说是卖老鼠夹子，并说夹老鼠效果好得很，父亲就让他进门了。

在煤油灯下，他将手中拿的东西放到桌上向我们演示。这是一只铁制的长方形铁框，中间有一个转轴装置，在一头还有可以翻起来的半圈铁框，连接的有一只弹力弹簧，拉起来后压在另一头用铁钩固定，铁钩上的一支小铁针连接一块可以放置诱饵的小铁片。这样，一旦有老鼠拉动小铁板上的食物，就会带动铁钩，打开铁夹上的弹性开关，半圈铁框就瞬间反弹回来，将老鼠的身子拦腰夹住。

口说无据，眼见为实。为了印证效果，母亲切了两块腊猪肉，由卖夹人固定在小铁片上，他小心地拉开半圈铁框，细心地设置好弹簧开关，然后轻轻地放在两个客房里床底下，这里是老鼠经常出现的地方。

过了不到三分钟，就听到"啪"一下铁片撞击声，接着传来老鼠的惨叫声和带动铁夹走动的扑腾声。我们赶忙跑到左厢房一看，一只油光滑亮的大老鼠上半身被夹在铁夹正中间，两只后腿蹬着地乱窜，两只眼睛绝望地左顾右盼。我拿起烧饭用的火钳照其头部猛敲几下，它当时就毙命了，大家都很满意这么快就有了战果。

正在这时，右厢房的铁夹也响了，大家一起涌过去，发现一只小老鼠被夹个正着，嘴角淌出一丝血迹，已经一命呜呼了。

我准备把铁夹又放回原处继续捕鼠，卖夹人制止了我，说老鼠很聪明，夹子上已经有老鼠味了，其他的老鼠不会再上当。

那怎么办呢？卖夹人笑着说："把味除了就行了。"说着就把老鼠夹扔进了厨房的灶膛，三分钟后拿出来冷却后又上了诱饵放出去，过了一会儿就又有了收获。

乡里乡亲见到这种捕鼠夹设计巧妙，又实用，纷纷购买。那个卖夹人不一会儿就把整蛇皮袋鼠夹子卖光了,还在我家享用了一顿热腾腾的晚饭。

不过,也有的馋猫太笨,不知道主人设置了捕老鼠的新机关,禁不住食饵的诱惑而触动开关受伤,成为猫"休假"的理由。

/毒 鼠 强/

"毒鼠强"是个比较书面的语言,在我们老家就叫"老鼠药"。

在集市上,有人摆着地摊,一大块塑料布铺在地上,上面一半堆放着老鼠的尸体,一半放着药贩子吆喝叫卖的老鼠药。

老鼠药很便宜,记得小时候是一毛钱一包,药贩子承诺"毒不死不要钱""没效果全额退款",拿一只毒死的老鼠还可以抵两分钱。

赶集的时候,采购老鼠药就是一件重要的事。

为了增强毒老鼠的效果,那时候没有讲究环保的意识,毒药的毒性特别强,经常发生猫吃了中毒的老鼠被毒死或重伤的事件。发现了猫呕吐后,我们马上给它灌麻油或肥皂水让它更快更彻底地呕吐,或是用水管对着猫嘴灌水洗肠,行动快的情况下还可以救回一条性命。

农村里也发生过很多农妇不堪家庭困苦或因家庭纠纷困扰而服毒药自杀的事件,除了喝农药,也有的吃老鼠药。所以,老鼠药的名声在农村一直也不好。

但也有发生戏剧性事件的情况。有一家媳妇吵架后服了老鼠药,家人发现后赶快往镇上医院运送,但路程太远了,大伙都很悲观,心想这家媳妇必死无疑。出人意料的是,费了两个小时抬送到医院,这家媳妇竟然一点事情也没有。原来,老鼠药是假的。

一家人破涕为笑。

/ 粘 鼠 胶 /

粘鼠胶是化学科技工业发展出的新产品,是将强力胶布钉在木板上,胶面向上,再将食物诱饵放置在胶面中央。老鼠上去吃诱饵时,脚被胶粘住后,就拼命挣扎,身子也被粘住,并且越粘越紧,最后动弹不得。

老鼠被粘住后挣脱不了时,就"吱吱"拼命乱叫,希望同伴来救助,或是无助地哀鸣。

粘鼠胶上也发生过动人的事。有的小老鼠被粘住后,母鼠不顾危险前去救助,最后双双被困在上面。

看来,老鼠也有舐犊之情。

/ 开 水 烫 /

为了对付老鼠,我们可以说是什么办法都运用上了。

对于钻进地洞里的小老鼠,我们也有绝招,就是灌开水。

有的地方冒出了新洞后,我们就烧几大壶开水,对着几个洞口同时集中灌进去,然后就等着一窝老鼠全军覆没了;或是对着被烫伤后爬出的老鼠穷追猛打,全面大捷。

/弹 弓 打 鼠/

对付老鼠,我的弹弓发挥了作用,受到了妈妈的表扬。

夏日的中午,老鼠趁着人们午睡,会在洞口探头探脑,伺机偷取食物。我坐在门槛上,左手握弓把,右手拉弹仓,见到老鼠一探头,一弹打过去,只听到一声惨叫,老鼠头就沉了下去。当然,也有打不准的时候,但老鼠们会收敛很多。

有时我也会在墙角开阔处撒一把粮食,等老鼠出来吃食时,一个一个地打。看到被打中的老鼠口中流血,倒毙在地,我心中充满了成就感。

/瓮 中 捉 鼠/

小时候在收音机里听过"三只老鼠偷油吃"的故事,记得三只老鼠因为互不信任,最后都跳进了油缸里,虽然都喝到了油,可是谁也出不来了。

受到启示,我缠着爸爸硬是把他装大米的一个半人高的土缸腾出来做"做实验",妈妈还很心疼地贡献出半碗油倒在缸底,在缸底还放了一些炒得香喷喷的黄豆和芝麻。这一丁点黄豆和芝麻我自己都舍不得吃,看着直流口水。在缸边,我还用土砖垒起了几个台阶,方便老鼠直达坛口。大功告成,只等"请鼠入瓮"。

放暑假的每天早上,起床后最开心的事就是跑去厨房,看着缸底里油滑滑的绝望地挣扎着的小老鼠,有时是一只,有时真的像故事里讲的正好是三只。

蛇 帮 忙

除了猫和狗之外，也有野生动物来帮忙灭鼠。

有一天晚上，我在睡梦中被老鼠惨叫声惊醒，叫声来自屋顶。我用手电往屋顶上一照，发现一条近两米长的乌梢鞭蛇缠绕在屋梁上，嘴巴里衔着一只大老鼠，老鼠后半个身子已被蛇吞进嘴里，只剩前半身还在拼命地摇摆挣扎。

在姥姥家，有一种蛇是家蛇，尾巴是钝扁形的，无毒，不怕人，在家中游走，专吃老鼠。我初次去她家时很害怕，时间久了，见它不伤人，也就习惯了。在老家，不能打死家蛇，否则是很不吉利的。

在屋里屋外，蛇在消灭老鼠、保护粮食方面功不可没。

一条乌梢鞭蛇缠绕在屋梁上,嘴巴里衔着一只大老鼠。

(杨福徐 画)

吉 年 话 鸡

"鸡"年，也是"吉"年，就聊聊鸡事吧。

一直以来，真还想为鸡打抱不平。当年汉朝的刘安得道成仙升天时，将仙丹也喂给了家里的鸡和狗，所以才有"一人得道鸡犬升天"之说，就印证了鸡与人类感情的密切。

最熟悉的，也是最容易被忽视的。

一只母鸡，一生会给我们带来200多只鸡蛋，死了后鸡肉煨成了汤，鸡毛做成了鸡毛掸子，鸡内金也晒干磨成末当成了治胃病的土药。

但是，鲜有人为鸡点赞。

过去的农村，离城镇远，买点鱼肉荤菜是不容易的，来了客人，蒸鸡蛋、炒鸡蛋、煮鸡蛋、腌鸡蛋、蛋花汤、冲蛋酒等，鸡蛋顶上半个荤菜，就是最撑台面的菜。

那时候，一个鸡蛋能卖2分钱，家里买点盐，我们姐弟上学买个本子添支铅笔，都指望着凑足几个鸡蛋去换取，有的时候得掰着手指头等着鸡屁股开花。

那时候，家里没有闹钟，也没有手表，更没有手机，大人起床上工，孩子起床上学，都要靠公鸡打鸣来提醒。

那时候，女人生孩子坐月子，老人家生病了，特殊待遇就是多吃几个糖水荷包蛋，或一碗淋上麻油的蒸鸡蛋。

那时候，给上门的准女婿吃荷包蛋是考验的第一道关。准丈母娘会打一大碗糖水荷包蛋，会有十几个吧，看女婿能不能吃下去，能够吃完，准岳母大悦，证明女婿饭量大，身体好，能干活，女儿成家后日子也会好。

对于读书的孩子，父母会把鸡冠子给他们吃，希望他们以后能做上"官"，或是把鸡翅膀给他们，期盼他们以后能展翅高飞；尽量不让孩子们吃鸡爪子，担心孩子吃了后写字会像鸡刨地一样手抖且潦草难看。我却永远对鸡大腿情有独钟。

母亲是不敢杀鸡的。父亲杀鸡时，母亲还会在旁边念叨：鸡啊鸡啊你莫怪，你是阳间一盘菜，今年早早去，明年早早来。

杀鸡之后，最开心的就是我了。我将鸡肠系在筐子底，放到堰塘里，过一会儿猛然地一提出水面，被吸引到筐子里的一大团小鱼小虾惊慌地活蹦乱跳，但都已被我收入囊中。

晒干的鸡内金，卖到村里的供销社也可以换成2分钱。

纵使鸡的好处多贡献大，但鸡给人的印象及名声似乎并不好。

形容氛围不好，说是鸡飞狗跳、鸡犬不宁；形容事小，说是鸡毛蒜皮；形容沟通不畅，说是鸡同鸭讲；形容人吝啬，叫他"铁公鸡"；形容情况糟糕，叫"一地鸡毛"；讽刺人落魄，叫他"落汤鸡"；打击人的信心的时候，嘲讽他想"乌鸡变凤凰"；即便是为了吓唬猴子，也让鸡遭了殃——杀鸡骇猴。

就连鸡的各个部位也成了贬低的代名词。说皮肤不好，是起了鸡皮疙瘩；脚上生个疮，还叫鸡眼；说某个东西得之不称心但弃之可惜叫味如鸡肋；说人心眼小，叫小肚鸡肠；说形体不好，叫鸡胸兔背；说人自我欣赏过度叫山鸡舞镜；说没有胆识叫凤毛鸡胆；形容人笨，叫呆若木鸡。

评价婚嫁不行，只好"嫁鸡随鸡"了。

当然，也有少部分体现鸡的正面形象的，如金鸡独立、雄鸡起舞等。

我对鸡的确是很有感情的。

夏日的午后，我最喜欢盛上一大碗饭菜，去院子外大槐树下的石墩上纳凉。家里的狗和几只鸡马上兴高采烈地跟着我。

远处是横亘的青山，山脚下是清澈的涢水河，河边是连绵的竹林，成片的田地从家门口一直绵延过去。

鸡和狗都期盼地仰望着我，我一高兴就像一位国王施舍一样，从碗里挑出一筷子饭粒撒在地上，它们就蜂拥在一起低头抢食。

小时候，鸡也是喜欢我的，因为我一边走路一边吃饭，很多饭粒从嘴角落下来，被大人们笑称"漏嘴"，那群鸡却开心地紧跟在我身后捡漏。

走到偏僻的地儿，趁大人不在，厉害的鸡还会欺负我，它们等不及的时候，会扑腾扑腾跳起来，把嘴巴伸进我的碗里抢食，甚至于抓翻了我的碗，引来一大群鸡纷纷抢吃散落在地上的饭菜。

母亲一大早起床的第一件事，就是去开鸡笼门，大鸡小鸡们争先恐后地挤出笼门，抖擞抖擞身体，伸长脖子，就吵嚷着要吃的。

母亲撒出一大瓢稻谷，鸡们都忙着低头啄食。吃完地上的谷后，有些鸡意犹未尽，赖在院子里不走，母亲不耐烦地"嘘嘘"几声，将它们轰了出去。

我坐在小椅子上吃饭,"阿黄"和几只鸡都期盼地仰望着我,巴不得我多漏一些饭粒下来。

(杨福徐 画)

鸡们分散走向了山坡树丛中去找虫子吃。

中午时分,有几只不甘心的鸡偷偷溜回院子,缠着母亲,母亲拗不过它们,再撒些稻谷给它们开开小灶。

也有的鸡是回来生蛋的,母鸡跳上搁在鸡笼上的鸡窝,憋足了劲,一气呵成,把蛋生了出来。生完之后,母鸡抖抖羽毛,然后"咯咯哒,咯咯哒——"地叫起来,从鸡笼上跳下来踱到母亲身边邀功。

有的鸡吃的虫子多,营养好,早晚各生一个蛋,有时生的竟然还是双黄蛋!

母亲撒点碎米给她,母鸡独享这些碎米后心满意足而去。

气温升高了,好多鸡都在树下刨刨土,刨出一个窝来,躺在凉爽的坑里美美地睡个午觉。

有的母鸡开始想做妈妈了,趴在鸡窝里,占住窝不走。见此情形,母亲就另外制作一个鸡窝,放在地上,在窝里放了些鸡蛋,让母鸡去"抱窝"。

当然,有时母鸡孵的是母亲先前放入的鸭蛋,七天后才放入鸡蛋,这样小鸡小鸭才能同时孵出来。

放入鸡蛋、鸭蛋前,有时间的话,母亲会拿着蛋逐个在灯下照一照,顶端有一部分小空隙的蛋才会被放进去孵化;孵了几天后,母亲又会拿蛋对着灯照,蛋中间有一丝黑线的就留下继续孵,其余的就是"寡蛋",是孵不出小鸡小鸭的,就拿出来吃掉。

四个周后,随着"吧吧吧"的啄壳声,小鸡、小鸭们从里面敲破了蛋壳,钻了出来。这时,母鸡才会发现有的竟然不是小鸡,就想去啄它们,母亲赶紧把小鸭们转移了。

小鸡们刚出生，像一个个毛茸茸的黄球，懵懵懂懂的，到处乱晃，叽叽之声不绝于耳，又容易被老鼠偷吃，只好放在簸箕里，撒点碎米给它们吃，晚上还得盖起来以防万一。

再大一点，才把小鸡们交给母鸡带。但小鸡们仍然分不清谁是它们的妈妈，经常一不小心就跟着人或其他走动的动物走丢了。

下雨之后，院子里的泥地上，印上了纵横交错的数百只大小不一的"丫"字形脚印，构成了不同意境的竹叶图画。

小鸡慢慢长大，渐渐褪去绒毛，翅膀开始硬了起来，公鸡、母鸡的模样也逐渐分明起来。

无所事事的小公鸡们相互追逐着打架嬉戏，还时不时地昂头向天学鸣，尖锐而稚嫩，貌似急于表现的少年老成的男孩。

这时，母亲就会根据小公鸡的个头、毛的色泽和叫声来决定留一只种鸡，其中最重要的标准就是叫声是否洪亮，在没有钟表的年代，它要承担每天打鸣的重任。

其余的小公鸡们，要么被宰杀招待了客人，要么被阉割了。被阉割后的公鸡，叫声再也高亢不起来了，即使鼓足了劲硬顶着叫上去，声音也是从半空中跌落下来，显得格外难听和委屈。

仅有的那只种公鸡便愈发高傲起来，除了早上打鸣，白天也时不时高喊几嗓子，抖一抖身上漂亮的羽毛，甩甩鲜红的冠子。在吃食或是悠闲之际，公鸡会迅速用嘴巴夹住某一只心仪的母鸡的冠子，整个身子趴在母鸡身上，很快便完成了播种工作。

那时年少的我看见了，总以为是公鸡正在欺负母鸡，不是用木棍敲打公鸡，就是用石子弹它，现在想来还真是破坏了它们的不少好事。

鸡多了，什么问题都可能产生，发鸡瘟或是鸡吃了老鼠药中毒就是常见的事。

发现有几只鸡晕头晕脑的情况后，母亲赶紧将土霉素药片捣碎了拌在饲料里给鸡吃，有时遏制了鸡瘟蔓延，有时也抵挡不了，整村的鸡全部死亡。实在救治不了时，趁着鸡还没死，抢着时间杀了鸡，把鸡血放掉，将鸡炖着吃了。

对于不小心吃了老鼠药中毒的，母亲就直接给鸡做外科手术了。即时将鸡的肌胃剖开，将里面的食物翻出来丢掉，再用清水冲洗一下，然后缝上肌胃和外皮层，鸡就又活过来了。

其实，鸡也是很勇敢的。

小时候，我们经常玩"老鹰捉小鸡"的游戏，紧紧保护小鸡的就是老母鸡。现实生活中，老母鸡呵护小鸡心切，黄鼠狼或老鹰来抢小鸡时，老母鸡都会挺身而出，拼死一搏，有时甚至击退了它们。

有一次，一只喜鹊把鸡窝里的鸡蛋啄破了，将嘴巴插进蛋壳里准备带着蛋飞走，一只老母鸡冲上去狂啄喜鹊，硬是表演了现实版"鸟口夺蛋"。

鸡也是很聪明的。

外婆曾经翻山越岭，到两座山谷外的二外婆家，借了一只母鸡回来帮忙孵小鸡。小鸡被孵出来了，也被带大了，但过了几天母鸡不见了。外婆很着急，找了很久也找不着，碰见了二外婆连声道歉："二妹子，不好意思，把你的老母鸡弄丢了。等我的鸡长大了，赔一只最大的给你。"二外婆笑着说："姐，不用了，老母鸡早就回到我家啦。"

可能是把鸡拎回来时没有蒙住眼睛,它竟然记住了路,翻过两座山自个儿回家了。

更难得的是,有的鸡还不声不响地为主人增添财富。外婆的一只老母鸡有一段时间未回家了,外婆还以为被黄鼠狼偷吃了。又过了一段时间,老母鸡大摇大摆热热闹闹地从灌木丛中领回了一大群小鸡。

有的母鸡将小鸡带大后,仍然沉迷于当"母亲",长期霸占鸡窝去孵蛋,执迷不悟,也不能回归正常生蛋周期。母亲只好向母鸡泼冷水,甚至用泥巴糊在母鸡头上,希望它能"醒一醒"。大部分母鸡到这份上也就醒了,回归正常生活,开始下蛋了。但有的母鸡还是迷入其中,坚持"抱窝",母亲只好安排我去用泥巴捏成七八个泥蛋,晒干后专门放入一个窝里,让母鸡去孵,直到母鸡自动放弃为止。

公鸡们为了争食物、争地盘、争母鸡斗起来,虽然不像斗牛那么大阵仗,但也是张牙舞爪,斗得你死我活。它们将脖子上的羽毛抖成一面圆扇子一样,盯准对方的鸡冠子,叼住了就拼命撕扯,常常是冠子被扯得残缺不全、鲜血直流;或是腾空跳起来,猛抓对方胸部,弄到鸡毛翻飞。

公鸡身上漂亮的羽毛也常常被姐姐们相中,迫切要用在毽子上,好在女同学中显摆。在姐姐的怂恿下,我趁着公鸡来吃食,猛地捉住它的翅膀,几根最长最美的羽毛就被姐姐迅速拔掉没收了。

现在想起过去自己闹的一些关于鸡和鸡蛋的笑话,不禁又哑然失笑了。

四姐听说吃刚生出的鸡蛋很有营养，急于在5岁的我身上做个试验，骗我说会拿个好东西给我吃。那天爸妈不在家，听到一只母鸡叫着"咯咯哒，咯咯哒——"从鸡笼上跳下来，四姐飞快地从鸡窝里取出了还热乎的鸡蛋，顺手就在椅子靠背上敲破了，我顺从地按照四姐的吩咐昂起头张开嘴，还没反应过来，就感觉有一股生腥的热流滑过了我的喉咙，冲进了胃。事后有些恶心，过了几个小时还拉了肚子，但在四姐的吓唬下这些我都没敢告诉父母。试验活动到此宣告终结。

1995年刚到深圳工作时，我与妻住在偏僻小镇的一间宿舍，周末可以做饭打打牙祭。几位热心的本地同事强烈推荐说乌鸡很补，我们就决定也去买鸡炖一炖乌鸡汤。去了市场几次，我们也没有买到黑色的鸡，就向同事抱怨说市场太差，连乌鸡都买不到。同事们很诧异，说市场天天有鸡啊，怎么买不到啊？我和妻说，就是没有看到黑色的鸡。所有的同事哄堂大笑，我俩这才明白乌鸡原来是白色羽毛黑色皮的鸡。这一笑话在一段时间内成为妻子校园里的一个经典段子。

表姐家的鸡晚上都不回鸡笼，全部飞到树杈上休息。俗话说：老母鸡上树——装英（鹰）雄，虽然装不了鹰，但它们每天飞上飞下，体格健壮，高瞻远眺，心情愉快，生的蛋和鸡肉的味道都格外的好。

现在市场上的鸡和鸡蛋，没有鸡味和蛋味，徒有其形，其实，这些问题出在根源上。

我去养鸡场看过，所有用电热孵化出来的小鸡们从未体验过母鸡的温度，从未感受过母爱，小公鸡们一出生就会被挑选出来，用粉碎机粉碎或是用二氧化碳窒息死亡，所有的小母鸡们吃的都是一样的饲料，每周都会被注射不同种类的抗生药物，翅膀尖被剪掉，然后就终生被关入方寸之间如同牢笼的鸡舍。个别黑心的商贩为了假冒所谓的红心蛋，还会在饲料中加入超量的人工色素。

这些小母鸡们从未见过小公鸡们，白天未曾谈情说爱，未曾仰望过蓝天，未曾呼吸过新鲜空气，被过度喂养食物甚至激素，夜晚也在炽热的灯光照耀下不能睡眠，时刻处于被强迫保持高产蛋率的高压中，直到产蛋率下降被送入屠宰场。

这些鸡们从出生到死都充满着忧郁、愤怒、怨恨等种种戾气，这些戾气充斥在鸡的每一个细胞中，又通过蛋和肉传递给人类，人类又怎能食之甘味呢？

生命本是一个历程，过程好才是真的好。包含人，所有生命的唯一共同结局都是死亡，即使某些动物生命的存在一开始就是为了提供给人类之所用，但也值得我们善待它们并让它们的生命过程更多自由和愉悦。

"鸡""吉"谐音，在鸡年写下这些文字，期望善待生命，善待自己，吉祥如意。

猪 得 其 乐

2018年，非洲猪瘟闹得沸沸扬扬，好多猪遭殃了，被焚烧或被填埋；年末时节，一部广告片《啥是佩奇》刷了屏，用鼓风机为孙子制作了一个粉红色小猪玩具的老爷爷让很多人落下了感动和思念的泪水。

小时候，猪是家里的宝。

俗话说：种田不养猪，算账三头输。一方面要完成国家分配的上缴一只猪的统购任务，另一方面过年是否有肉吃也靠猪。

在那个连人都缺吃的年代，是没有粮食喂给猪吃的，绝大部分的猪食都得靠我们去地里挖野菜、打猪草，或是到山上捋可以吃的树叶。

我的活主要是放牛。找猪食的活儿自然就落到姐姐们的头上。

她们上学时都带着筐子、镰刀或铲子，完不成一满筐猪草的任务是交不了妈妈的差的。

但是，地方太小了，能长好草的地方大家都知道，很多时候，草还没长起来，就又被割掉了。有一种叫"苟叶"的树，叶子毛茸茸的，煮过后猪很爱吃。但这种叶子的毛粘到皮肤上，常常弄得我们皮肤过敏红肿，很痒很痒。即使这样，姐姐们也爬到树上，把树叶捋的差不多没了，只剩下光秃秃的树枝。

那时的猪食,相当于今天纯天然的蔬菜沙拉,不过是煮熟了而已。这些野菜加上米糠,煮熟后香气四溢,我家的猫经常坐到灶台上,用爪子掏上一两爪,慢慢品味。说实话,有时,我也挺想偷偷尝上一口的。

猪,其实也是温顺的。

只要吃饱了,就出去野地里逛一逛,或是在猪栏里睡觉,绝不骚扰主人。但是,如是到了饭点还不开饭,猪脾气就大发了。

首先是哼哼唧唧的,提醒主人该开饭了;然后就是来到猪槽边,将猪槽拱得到处翻或乱滚撒气;还不来猪食,猪就贴着女主人的脚后跟,一路杀猪似的叫得凄惨,还时不时地咬女主人的裤脚,叫人心烦意乱、不得安生。

女主人在厨房舀猪食的时候,猪已经在门口不耐烦地哼叫中候着了,还不停地跺着蹄子;待女主人出了门,猪随着拎着猪食桶的女主人快步冲到猪槽边,心急的猪甚至直接把嘴巴伸进桶里,或是被烫得龇牙咧嘴,或是被女主人一掌拍出;猪食倒进猪食槽里后,猪大口在汤水中捞食沉底干货,"啪啪"有声,嘴边的两排须毛沾满了汤汁。

如果是两头大猪在同一个猪槽吃食,免不了展开一场争夺战。个头大的猪通常霸着猪槽,个头小的猪嘴巴刚一伸进猪槽就被大猪拱开,或是张口欲咬,或是追击几步,然后返回猪槽独享食物。无赖猪槽较长,另一只猪总有办法趁机在猪槽另一端偷食,在游击战中获取部分果实。

如果是一窝刚开始吃食的小猪,那就是另外一番热闹景象了。

小猪的木槽是父亲为它们特制的。一整条一米多长一巴掌粗的木头，底部被削平，上面从中掏空，两头留下厚厚的挡板，就成了猪槽。

小猪一般是出生后二十天开始从单纯吃奶进入吃猪食阶段的。刚开始，小猪并不知道怎么进食。母亲的办法是一边敲打木猪槽，一边喊着"猪啦啦"的进食口号。

刚开始喂的猪食是母亲精心煨煮的白米粥。有的小猪顺着粥的香气来到了猪槽边，有的磨磨蹭蹭、懵懵懂懂到处神游。尝到米粥甜头的小猪开始奋力夺取有利位置，有的小猪就直接被挤得飞到了其他小猪背上，有的小猪躲在猪群空隙里独自享受。有时，一排小猪全部都在猪槽的一侧挤来挤去，被排挤走的一只小猪一不小心逛到对面一侧去了，意外地获取可以从从容容不受干扰地进食的机会。

真是一片乱哄哄的场面。

小猪慢慢长大，长到大概15斤以上，不再需要补充母乳，能够独立进食了，就要一个个被卖出去了。

来买小猪仔的人通常前一天就和主人家讲好了，要赶在早上喂食前来等候。小猪仔会不会抢食是被挑选的重要参考，那些抢得凶的、皮光肉滑的是最受欢迎的。被看上的小猪仔正在安心享受美食，冷不防两只后腿被主人一把抓住倒提了起来，吓得哼哼尖叫，也吓得其他小猪仔飞快地闪开到两边，但它们马上又被美食吸引，头伸到猪槽猛吃。小猪仔直接被装入了买主的麻袋中，男主人左手提着秤绳，秤钩上挂着麻袋，在小猪的摇摆挣扎和高声尖叫中，右手滑动着秤砣，迅速秤出了重量。这时母猪是被关在猪圈里的,听到了小猪仔的哭叫声,母猪护崽心切,在猪圈里咆哮并不停地撞击着栅栏。

有钱的人家通常会买两只小猪仔,这样猪仔们才会抢食,也会长得快一些。当前,咱们家家户户为独生子女吃饭犯愁,爷爷奶奶端着碗追着孩子喂,持续时间长,还喂不饱,都是只有一个小孩惹的祸,真是"两个抢着吃,独子求着吃"。

小猪仔一个个将被卖掉,母亲一般会留一两只自己养。为了快速长肉,小公猪(又叫"牙猪")很快会被骟掉,不准备留作母猪的小母猪(又叫"草猪")也会被"割花"。

骟猪匠带着一把一头是小尖刀一头是小弯钩的骟猪刀悄然而至,他猛然从背后抓住小猪,将其摁住侧躺在地上,左脚踩住脖子,左手压住两只后腿,任其高声嘶叫。对于小牙猪,骟猪匠左手分开双后腿,将猪尾巴下面的凸起部分一压一紧一挤鼓出,右手的锋利小刀迅速在阴囊上划出一个小口,再用手一挤,两颗小肉球就乍然露出,随手一刀麻利地割断连着的筋,两个如同剥了皮的"荔枝"就在手掌心了。对于小母猪,则要在右下腹部划出一道口子,再将弯钩伸进去轻轻一掏,就带出一截小管子,直接用刀切断,然后在伤口上抹一点灶膛里的草木灰。骟猪匠手一扬,带着腥膻味和血沫子的小肉球或是"花肠子"就飞了出去,几条等候多时的狗立刻扑过去一阵争抢,咬成一团。小猪的叫声更加凄厉了,骟猪匠的脚一松,小猪一下子就窜出去,躲到暗处,一个劲儿地喘,半天不敢见人,即使当天加餐,它们也躲躲闪闪的,但到第二日就忘得一干二净了。

没骟的小草猪长到四个月的时候就开始发情了,它会在山前屋后到处乱跑,寻找心仪的郎猪(公猪)。郎猪只有镇上的种猪站才有,那里集中喂养了三五只专门的配种郎猪。选一个赶集的日子,父亲会赶着草猪来到兽医站,交上五元配种费,就可以将草猪赶进其中的一只郎猪栏中。

那些郎猪实在是太强壮肥实了,怕是有三百多斤吧,在那个物资匮乏的年代,它们还能享受每天生吃鸡蛋喝牛奶的特殊待遇。相比之下,小草猪实在是太瘦弱了,根本经受不住郎猪的重压。看到小草猪进来了,郎猪马上兴奋起来,粗鲁地扑过去,从后面将两只前腿搭在小草猪身上。好在旁边有两三个专门帮忙护住小草猪的帮工,用手在两边托住郎猪笨重的身体。郎猪爬在草猪身上抽动身体,在哼哼唧唧声中猛然颤抖几下,就完成了配种。

那些帮工每帮一次工挣猪主人一块来钱,干这种活在家乡被人看不起,通常是鳏寡孤独者充任。

配完种后,为了确保猪种不流失,还得喂点好吃的给草猪,让它休息一会,才慢慢地走回去。有时候天气热,还得将它抱回去。

据说草猪配种后的一周内,是万万不能吃鸡屎的,否则就会流产。所以猪回到家后,我们将鸡都撵出院子去,一看到鸡屎就飞快地拾起来扔进茅厕。母亲则在土墙上用烧过的木柴头写下配种的日子。

随着日子的增长,小草猪越长越大,已经完全是一只母猪的模样,它的肚子也越来越大,乳房也饱胀起来,下垂得几乎接近了地面,过门槛时甚至会被擦到。"一百一十二,不是当日是明日",这是关于猪孕期的口诀。大概分娩的前一周,母猪开始到处去撕扯干草,拖拽回自己的窝里,为猪宝宝的降临做准备。

（杨福徐 画）

十几只小猪宝宝闹哄哄地在母猪妈妈怀里摸索乳头。直到每一个猪宝宝都吸上了奶，世界才安静下来。

母亲也开始紧张起来,这几天必须保证时时有人在家里。特别是预产日当天白天母猪如果没有分娩,晚上就要安排家人值班,随时留意母猪动态,协助母猪生小猪,也避免小猪被压死或冻死。母亲常说:"要得它的钱,就得陪它眠"。

母猪躺在干草堆中,安静下来,集中精力,开始分娩。第一只猪宝宝生下来后,过一会儿又出来一只,如果第一只小猪是猪头先露出来的,第二只就是屁股先露出来,依次循环,接连着十来只猪宝宝都出来了。它们身上的黏膜已经破了,露出了圆乎乎的身子,紧闭着双眼,肚脐上连着半只筷子长的脐带。很快,它们就蹒跚着摸向母猪的腹部,逮住一只鼓胀的乳头,就拼命地吸吮起来。后来的猪宝宝有的一时找不到乳头,急得在其他宝宝身上乱拱,或是使劲地往猪逢里钻,或是头一挑,将其他猪宝宝的嘴挑开,自己抢住了乳头;也有的在母猪胯部的乳头上吸不出奶来,放弃乳头,奋力往母猪上半身摸去,逐一爬过身下的猪宝宝横穿而过。抓住乳头的闷声吸奶,没找着乳头的奶声奶气地哼哼,直到所有猪宝宝们都吸上了奶,它们分两层交叉叠躺着,还时不时满足地微微转动一下小尾巴,世界才安静下来。

母猪通常有十一或十三只奶头,就像两排不规则的双排纽扣整齐地排在猪肚皮上,有一只落单的。碰到猪宝宝的数目超过奶头的,就要靠主人调节乳头的使用权和时段了,否则比较羸弱的小猪仔永远吃不上奶。

生完小猪仔太辛苦了,还要应付那么多猪宝宝吃奶,母猪三天内都不出猪圈,也不吃不喝。三天后,母猪来到猪槽边,将主人准备的小米炖南瓜粥喝得一干二净,又拖着沉甸甸的肚子回到猪窝。一跨过猪栏门,猪宝宝们都争先恐后地跑过来,有的拱奶，有的嗅母猪的头，挤作一团，簇拥着母猪来到猪窝躺下，又蜂拥着争抢乳头。

小猪长得很快，一天一个样，三天后就睁开了眼，然后就会互相打架玩耍。有的小猪自己还站不太稳，就气呼呼地冲向其他猪宝宝，地上的干草一拌，它就摔了个四脚朝天。

小猪就在晒晒太阳，拱拱青草，蹭蹭泥巴，散散步中成长，完全没有其祖先猪八戒的任何恶习，既不好色，也不贪吃，更不挑食。

常常有人骂别人"蠢得像头猪"，我真替猪觉得有点冤。猪自从生下来，生命历程无非三个走向：肉猪、用来繁殖的母猪或宠物猪。像"佩奇"一样成为宠物猪的机会是少之又少的。无论是成为肉猪抑或用来繁殖的母猪，猪也都能无忧无惧，每日吃好睡好，抚育好小猪仔，坦然面对小猪的离散，甚至于屠刀的降临，总是尽好自己的本分，扮演好自己的角色，过好自己的当下每一刻。

而作为猪主人的一些人，却每日忧惧于各种得失之间，吃不好，睡不安，初心已失，就生命质量本身来说，或许还比不上猪。

猪且得其乐，人又作何求？

深情的鹅

在母亲的眼中，所有的家禽家畜都是有灵性的，有感情的，连鹅也不例外。

家里有一公一母两只小鹅，随着慢慢长大，由浅黄色逐渐变成黑灰色，胸脯和肚皮却是白色的，配上暗橙色的脚蹼，既分明，又过渡自然，就像一幅加了浅彩的中国画。

领头的那只是公鹅，高昂着头，直挺着胸，一副趾高气扬的模样。母鹅的个子小一些，显得温顺贤淑，总是跟随着公鹅，一种夫唱妇随的情调。

两只鹅早上吃完母亲喂的食后，就摇摇摆摆出门去了，要么去堰堤上吃刚长出的青草，要么到堰塘去游泳，把头伸进水中去摸索螺蛳吃。高兴的时候，两只鹅撒开翅膀，两只蹼连连划水，在水面上追逐翻飞，留下一长串波纹。

鹅进入青春期了，母鹅想下蛋了。

母鹅到处去衔枯草，并把草拢到一块儿，或是蹼在地上扒拉扒拉土，看得出是想要找一个窝。

这时，母亲会交代我去搬几块泥砖，砌成一个四四方方的围挡，里面铺上一些稻草。

母鹅走进窝里，开始下蛋了。通常是每两天下一颗，一般生到10颗蛋时，母鹅就准备开始孵蛋了。中途如果我们把蛋拿走了，母鹅会到院内院外伸头伸脑到处去找，懵懵懂懂的，有时还会紧跟着母亲，像是向她索要似的。

母鹅开始抱窝了。

母鹅伏到鹅蛋上去，用全身的羽毛尽量覆盖住全部鹅蛋，用体温温暖鹅蛋。

母鹅一天到晚都伏在鹅蛋上，有时也会起来喝喝水，吃吃食，然后在附近溜达一下，玩一玩。

公鹅照样每天独自出去玩，有时也会到母鹅身边来"嘎嘎"叫几声，帮忙母鹅梳理一下羽毛，好似应付式地慰问。

十多天后，趁母鹅不在时，母亲将鹅蛋逐一拿到灯下迎着光照一照，如果蛋中有黑点或黑线，或是蛋上部有小小一部分空隙，则该蛋有戏，否则，该蛋就是"寡蛋"，就孵不出小鹅了。

等到第 29 天，鹅蛋就有动静了。

随着"咔咔咔"的啄壳声，一个个黄茸茸的小鹅先是将壳啄破一个洞，然后啄掉一块壳，接着脚一蹬就挣扎着挤出身子，跳了出来，摇摇晃晃地蹒跚。它的喙是深黄色的，眼睛就像小小的黑芝麻，短短的翅膀像一小截树枝。

看到刚出生的小鹅，才能深深体会到"鹅黄"这个词的贴切和美妙！刚出生的小鹅，无论其父母是什么颜色，都是清一色的像一个个黄色毛线团，都是"鹅黄"的。

母鹅的母性大发了！

母鹅带着小鹅们，小心翼翼地把它们护在身后。

母亲先用泡过的米饭或是泡化的馒头喂小鹅，再大一点就喂些碎米。

公鹅本来就很有攻击性，有了小鹅后，也是父爱泛滥，保护欲爆棚。

  狗、猪不要说靠近小鹅，就是不经意从旁边经过，也会被公鹅追咬，或是咬了狗的嘴，或是咬了猪的屁股，甚至连牛的腿也敢咬，疼得牛腿直打战。

  我在学校住宿，回家较少，刚开始鹅不认识我，见到我就"嘎嘎"地警告，见我还靠近，公鹅就俯下头，脖子伸得老远，像一条蛇一样直冲过来，两只翅膀还扇动助跑，踮着两只蹼跑得飞快。我吓得转身就跑，可怜的就是我的屁股，经常被咬得起个青紫的包。

  鹅群对母亲很亲，会认识我们全家的人，还认得出我们家的所有家禽家畜。

  夜晚有鹅群待在院子里，防范小偷比狗还灵敏。鹅一听到异常的声音，就会惊慌地"嘎嘎嘎"叫起来，并且几只鹅一起连声叫，一下子就把主人吵醒了。

  母亲到大河对岸干活时，与别人讲话，鹅在河岸这边听到了母亲的声音，就朝着河对岸张望，并"嘎嘎"打招呼；母亲收工回来时，母鹅循着声音带着小鹅们早早到村口迎接，见到母亲时，母鹅高兴地迎上去，轻轻地夹一夹母亲的裤脚往家的方向牵，一群小鹅浩浩荡荡地陪伴在左右。

也 说 斗 牛

一提到斗牛，大家首先想到的是西班牙斗牛，就是穿着古装的斗牛士持剑最终将公牛血淋淋地杀死。一直以来，我认为这种斗牛很不公平：其实就是一群人拿着利剑、放着音乐干扰、众人围观助威，合伙欺负作为低级动物的牛。

相比之下，小时候我们村里的两头水牛打架倒是公平角斗，并且惊险精彩。

村子不大，有二十多头水牛，其中罗二伯家的"老牯子"（大公牛）和杨三爹家的"小牯子"（小公牛），就是一对冤家对头。

老牯子有 6 岁多了，生得骨骼粗大，体壮腰圆，长着一对环抱展开、角宽质厚的"筛子角"，跑起来就像刮过一阵黑旋风。它是方圆十多公里最厉害的家伙。

小牯子才满两岁，骨架高大，周身散发出一种青春勃发的小伙子气息，还有一副天不怕地不怕的气势。那对长尖角，光滑而稍直，角尖锋利尖锐，尽显杀伤力。

随着小牯子渐渐长大，老牯子江湖老大的地位日益受到严重挑战。老牯子强烈不满，逮着机会就修理小牯子，无奈总有主人在场，得不到尽兴发挥。两牛相见，分外眼红，少不了喷鼻子瞪眼睛，继而一场争斗。

老牯子的怨恨情绪随着时间的推移不断累积增长……

夏天的夜晚闷热烦躁，知了也不识趣地在树枝上不停地聒噪，一丝风儿也没有。人们在院子里摆上摇椅纳凉，一边用蒲扇拍打蚊子，一边咒骂这难受的天气。

夜渐渐深了，清凉也好像跟着潜伏下来，偶尔还掠过几阵微风，稻田里的蛙声也稀了，大人的蒲扇有一搭无一搭地摇着，小孩子也时不时发出或哭或笑的呓语……

"嘭，嘭，嘭"，连续几声碰撞的巨响将人们从纳凉的悠闲中拉扯出来。

出什么事了?!

杨三爹听到响声是从东山坡那边传过来的，赶忙走出院子去看个究竟。

月光很明朗。

半山腰拴牛场，两头牛正顶着头，角撞在一块儿，猛然后撤一下，又向前再相撞，"嘭嘭"作响。

原来，怒火中烧的老牯子寻仇心切，扯断了缰绳，摸黑翻过山脊，到东坡打架来了!

小牯子正躺在地上反刍，猝不及防被攻击，腰上被顶了几下，慌忙转头仓促应战，无奈鼻子上的缰绳还被拴在插在地里的铁桩上，颇受制约，小牯子只好边打转边抵抗。

杨三爹忙扯着嗓子喊人来帮忙。牛可是家里的大半个家当，出事了就是大麻烦。

罗二伯等人都赶来了。

两头牛喘着粗气，撞得更凶。

老牯子和小牯子牛角相撞,"嘭嘭"作响。

(杨福徐 画)

罗二伯走上前去，抓住穿过老牯子鼻子的木叉，木叉头太短，不好用劲，他使出吃奶的力气，老牯子也纹丝不动。

杨三爹上前拉小牯子的缰绳，小牯子刚一偏头，老牯子就顶得更凶。

罗二伯又找来一根有弯头的木棍，勾住老牯子的鼻子使劲拉，老牯子也死不转头。

这时，人们拿来了几根粗麻绳，各套着两头牛的一条后腿，使劲往后拽，使了老大的劲，两头牛也不分开。

有人拿来了火把，放在两头牛的牛头下面不停地来回燎动，但这两头犟牛仍然顶着不放松，避开火把，又绕着拴桩转了几个圈。

两头牛气喘吁吁。整个村子的大人们和几个胆大好事的孩子都围过来看热闹。

这时，老牯子凭着自己的体重优势，头往前猛然一抵，再往下一压，前腿微曲，后腿一蹬，一下子把小牯子顶得半跪在地上，下巴也磕到牛屎上。

"快点把缰绳解了，让小牯子跑吧！别搞出命来。"有人喊道。

杨三爹慌忙跑上前，用镰刀从小牯子鼻子不远处割断了缰绳。

小牯子被牵制的鼻子得到了解放，轻松多了，也振奋了许多，"腾"地一下硬撑着站了起来。它一边顶着老牯子，一边将自己的屁股往老牯子身边靠，瞅准一个时机，一松角，又马上侧着头将角尖伸向老牯子的眼睛。

"哇！"大家一起惊叫。

老牯子也意识到危险，连忙扭头避开。小牯子趁机向前跑了几步，跳到下面的打谷场上。

众人上前去拦老牯子,想趁机将它们隔开。可老牯子直冲着人群奔过来,吓得众人慌忙闪开一条道,老牯子跟着跨过一米多高的坎,向小牯子追去。

小牯子见势不妙,即刻调转回头,"啪"的一声,四只牛角脆生生地碰在一起,瘆得人牙齿生疼。

老牯子的筛子角随着粗壮的脖子左冲右撞,在小牯子脸上划来划去,弄得小牯子满是伤痕。

小牯子顶不住老牯子的冲势,又只得边退边绕圈。

抓住一个机会,小牯子又故伎重演,把牛角尖插向对方眼睛,惊得老牯子再次向右摆头躲闪。这一次,小牯子没有逃跑,反而继续向前一步,在老牯子回头之际,迅速将右角从老牯子左角上面斜插到脖子下面,再往右扭脖子,压着老牯子的角抠着老牯子的脖子将其头扳了过来。

老牯子想要抽角已经来不及了,自己的脖子被小牯子的角直挺挺勒住了。随着小牯子继续往右向下转,老牯子的右前腿开始离开了地面,整个身子差不多就要翻倒在地了。

在这个当口,不知什么原因,小牯子稍微松了一口气。老牯子在踮着脚的一瞬间摆正了身子,头再往下一扣,不顾小牯子的角尖在下巴划出一道血痕,一摆头,将角从对方角中抽了出来。接着后退一步,往前一蹬,再接连上前三步,"轰"的一声将小牯子抵得连连后退,侧翻进旁边的田沟里。

老牯子想跳进沟里继续攻击,怎奈田沟太窄,老牯子一个大步跨过田沟跳到稻田里去了。趁着小牯子还没完全站起身来,老牯子迅速调转身子又在小牯子身上抵了几角。

小牯子慌乱中爬了起来,顺着田沟跑了一段,一上步爬上沟沿，再顺着田埂跑开了。

人们马上围起一道人墙，拦住老牯子，但顷刻就被老牯子的熊熊气势冲散了。

就着下坡，小牯子奔到了堰堤上，老牯子抄了近路，差不多快追上小牯子了，老牯子低着头双角交替刮刺，在小牯子屁股上划开了几条血道道。

小牯子紧跑几大步，从一个豁口跳进了堰塘，溅起了一大片水花。老牯子也紧跟着跳了进去，继续追赶。两头牛在水里又大战起来，双头相顶僵持着闷在水里，直到气不够时才抬出水面。

杨三爹、罗二伯在岸边怎么叫嚷也起不了作用，急得直跺脚。

边打边退，小牯子在堰塘另一边的浅滩处游出了水面，爬上了堰堤，向远处的小山坡跑去，抢先到了坡顶并掉转回头。

等到老牯子喘着粗气跑到半山坡时，小牯子猛烈地向老牯子冲了过去，巨大的惯性让老牯子后退了几步才稳住脚跟。

两牛又陷入了相持……

小牯子借着地势高再次向前进攻，无奈老牯子太重，还是稳稳地撑住身体。

小牯子后退几步后，第三次往下再冲，在四角相碰的同时，借着两头互相撑住的劲儿，抬起右前腿往老牯子左前腿中间一插，接着再往外一别，老牯子冷不防一下子失去了平衡，右前腿跪了下去。

小牯子的尖角又对准了老牯子的右眼……

杨三爹急忙大声呵斥，罗二伯的心猛地提到了嗓子眼……

又一次想不到！

小牯子竟然没有趁势再攻,而是再次后退两步,死死地盯着老牯子。

老牯子也许是大出意外,有点恍惚,过了一会儿才回过神来,之后也是死死地盯住小牯子。不过眼神再不如以前那么凌厉。

两三分钟过去了……

围观的人们也傻了。

小牯子从容转身向坡顶走去,并"哞"地一声长叫。

老牯子也调了个头,向回家的方向慢慢晃去,夹杂着些许不解,抛下些许落寞。

此时,杨三爹、罗二伯才感到已经湿透的衣服有一些冰凉。

东方已经微微泛起了鱼肚白……

田野风情

春风吹皱了一泓草海，几支芦苇在点头微笑。

听 风

在广阔的乡村田野，我常常不停地奔跑，在天地父母的怀抱里，随意地、舒适地徜徉，感受大地的心跳和温情，耳边回荡的风，变换不同的声音、温度和色彩……

春天的风，是躁动的。就像同时收到号令似的，一夜春风吹过，草甸子从灰黄变成了新绿，到处都是开满的鲜花，竹笋一不小心就冒出了头，胖乎乎的，尖溜溜的，一天一个模样；初生的小牛、小羊支棱起身子，摇摇晃晃，蹦蹦跳跳，仿佛宣告自己在拔节生长。一切花花草草都在竭力向上生长，向外扩张，都在争分夺秒，害怕辜负了这段春光。空气中蔓延的都是饱胀的春的气息，让人心醉，春情荡漾。风像含着笑的粉红色新娘，在耳边温柔地拂过，似浅浅的呢喃，带着温热的气息……

夏天的风，是多变的。有时候，风好像失去了踪影，世界寂静得可怕，也仿佛停滞了，烈日、白光、被烘烤的大地怏怏地兀自沉默，树叶在枝头懒得一动不动，除了蝉拼命不休的聒噪声，只剩下空气似乎停滞的沉闷和自己的耳鸣声，天地间、胸膛间、头脑中涌现的都是一片火热……忽然，树枝头有几片叶子微微动了一下，蝉声也好像弱了下来，几片云彩偷偷地遮挡了部分阳光，天色变得稍稍暗了一些；突然，一阵风猛然吹了过来，就像一条安静的弄堂里，猛然从各个房间涌出了一大帮吵闹的孩子，整个树的叶子都摇晃起来，蝉也不叫了，云快速地翻涌；风变得更淘气了，像捉迷藏一样忽东忽西，把晾晒的衣服吹得像风筝一样飘起来落下去，风也灌满了整个屋子；云朵翻滚，愈来愈厚，天色由灰蒙蒙渐渐变成了乌黛色，天空零星地落下几粒小雨点，漫不经心似的，慢慢地，慢慢地，雨点越来越大，越来越密，最后倾盆而落；千万条银线斜斜射下，打得热烘烘的黄土地灰尘四溅，风也跟着助兴，将银线吹出各种婀娜多姿的曲线；土地贪婪地喝起了水，过了一会儿，土地喝饱了，落下的雨点在积水中砸出一个个水泡，就像一个个白铜钱，再多一点，雨水就汇成了一条条小溪流，像蚯蚓一样分头向低洼处流淌。风依然在东突西进，仿佛在弹奏万千雨弦，兴奋地大叫：我来了，我来了！一袭闷热与焦躁，带来满身清凉。夏日的风就像一位五彩斑斓的少女，热烈奔放，活泼大方，轻轻一挥手，垂头丧气的花朵马上就展现了笑颜，树叶也鲜亮起来……

秋天的风，是深沉的。就像歌中唱到的：蔚蓝天空下，涌动着金色的麦浪，微风带着收获的味道……侧耳一听，风声就像大提琴的 C 调，低沉厚实，亮丽醇美，乐得金黄的菊花、太阳花、银杏叶、梧桐树叶左右摇摆，美得黄澄澄的橘子压弯了枝头，笑得金灿灿的玉米也爆开了牙，羞得丹桂香气四溢……就连苹果也激动得透红透红，葡萄也眨巴眨巴着紫莹莹的大眼睛，棉花也敞开了白花花的长绒衣，只有松柏保持着一贯低调的翠绿，它们在高远的天地间共同为一望无垠的黄地毯点缀着各色珍珠玛瑙。鸟儿和虫子也低飞了，享受着独特的凉爽和惬意。秋天的风，就像即将临产的孕妇，一路闪耀和抛洒圣洁的金色光芒……

冬天的风，是清冽的。冬风掠过，将草场染成枯灰，树枝光秃秃地兀自朝天伸展着，树叶在风中翻转飞舞；风吹得小河也停止了微笑，板起了冰硬的面孔；风吹到雪花漫卷，飘飘洒洒，为大地铺上一床厚厚的白棉被；冬风无孔不入，人们都无奈地将自己层层包裹；夜晚，冬风尖厉呼号，将人们赶回温暖的火炉旁，似乎告诉人们：经历过春的萌动、夏的茁壮、秋的殷实，到冬天该休整憩息了。冬天的风就像一位穿着黑貂皮大衣的贵妇，冷艳素雅，纯洁无瑕，甩一甩白围巾，将世界变成了一幅浓淡相宜的水墨画……

  我们和形影相随的风一样，都是天地的孩子，恰似尘埃，来自偶然，风中出生，见风生长，风华正茂，饱经风霜，风韵犹存，直至风烛残年，最后随风而逝。其实，风声又何尝不是心声？也许，懂得和风暖日是一道风景，凄风冷雨同样是一种意境，顺风时扬帆，逆风时飞扬，或许我们会风生水起，能随风而舞吧。

乡村看电影

小时候，家离镇上远，离县城更远，看一场电影非常不容易，但在乡村看电影也别有一番味道。

那时，有专门的乡村放映队，会轮流到各个村庄放电影。"哪个村哪天会放电影"的消息像风一样传得很快，几天前周边的各个村都会收到口信。但有时候，这消息也像风一样，风向变来变去，一会说是甲村，一会又说是乙村，搞得人们晕头转向。

为了赶上看这场电影，我几天前就开始期待和筹划了。主要是要征得父母的同意，还有就是当天要提早点开饭。

放电影的村离我们家的距离远近不一，近的几公里，远的有十几公里，有时还得撑船过河，当年我只有五六岁吧，又是家中的独儿子，父母看得更重，虽然有几个姐姐带着我，父母也不大放心。

家里的晚饭通常是在父母忙完农活回家后才开始做的，那时天早就黑了。为了赶上电影，我们央求父母早点开饭，或是允许姐姐们早点回家做饭。

天没黑就开晚饭了，对我来说是新奇和兴奋的，抑制不住激动，三下两下就潦草地吃完了，吵着姐姐出发。如果是我们自己做饭，姐姐就麻利地炒个葱花油盐鸡蛋饭，或是用米饭与锅巴掺些腌菜捏成饭团子，就一人拿一个边走边吃。

我们小村里的一群人，少数是大人，多数是孩子，带上小马扎和塑料布，趁着太阳还没有落山，沿着山路、草坡和田埂，朝着目的地出发了。一路上小孩子们唱着跑调的歌，打打闹闹，嘻嘻笑笑。

快到了，转过一个山脚，远远地我们就看到一幅在风中轻轻摇晃的白色电影荧幕了，四周有着黑色的边框。

在平缓的山坡半山腰，或是平坦的打谷场上，竖着两根长长的粗木杆，分别穿过荧幕四角圆孔的四条绳子直直地绷着，紧紧地绑在木杆上。荧幕骄傲地舒展着四肢，等待着人们欣赏。

离荧幕二十多米的地方，一张大方桌上，立着一个长着两个大小不一的圆耳朵一样的转盘的放映机，对着荧幕的是一只大大的圆圆的黑眼睛，里面泛着幽暗神秘的光，周围地上放着几个大的金属箱子，还有一些电缆线。

地上横七竖八地排着各式各样占位置的用具，有椅子、单凳、条凳、马扎，也有肥料袋、塑料布、布包，还有大石块、红砖、青砖，也有放一双老布鞋的，那是男孩子干脆把鞋脱了，光着脚到处跑……

天慢慢黑下来了，人们更加雀跃起来。

附近的老乡们把西瓜和桃子、李子拿过来卖，都是按个算，基本上都是半买半送，价格非常便宜。碰上是亲戚的，直接就送给吃了。

等到天完全黑定下来后，发电的手扶拖拉机"突突突"地响起来，桌子上的大功率电灯一下子亮彻了全场，吸引了所有人的目光，也照出了长短不一的无数个身影。

（杨福徐 画）

闪闪的红色五角星放射着无尽的光芒，小伙伴们的心也激动得摇曳起来。

外围的人群也都围拢过来，草垛上、树杈上、院墙上甚至茅草屋顶上都爬满了人，就连荧幕背后的空地上也坐满了人。

放映师在村干部的陪同下，打着酒嗝来到操作台。

放映机的圆眼睛猛然射出了一束强烈的白光，打在荧幕上，经过几次调整，落在正中央。

两个圆盘转动起来，荧幕上快速闪动着数字，随着音乐响起，便出现了北京、上海或长春"电影制片厂"几个字，小伙伴们最兴奋的是出现了"八一电影制片厂"，闪闪的红色五角星放射着无尽的光芒……

人们的目光都集中在荧幕上，情绪都沉浸在情节里。

有的人已经跟着放映队跑了几个村，同一部电影看过几遍了，情节了然于心，熟得能够背出每一句台词，直接剧透起来，有的人很反感，也有的人很感兴趣："快点告诉我，那个拿枪的是好人还是坏人？"

一盘片子放完了，停下来换片子的空档，生产队长顺便利用桌子上的麦克风传达一把上级的会议精神，安排一下村里要干的活。

乡亲们不停地叫嚷、吹哨，催着快点放电影。

有时候，放着放着，胶片突然断掉了，放映师只得剪掉一段，然后粘起来再放，即使中间情节有点连接不上，大家也不在乎。

有时候，两个村同时放电影，就得"跑片子"，就是交换第一部已经放过的片子，等待片子的过程可真让人心焦。

当年有几部电影的画面印象非常深刻。《英雄儿女》中的王成背着报话机抱着爆破筒跳出战壕，呼叫着"向我开炮！"并与敌人同归于尽的场面勇敢壮烈；《上甘岭》中解放军战士因干渴而开裂的嘴唇让人心疼；《画皮》中女鬼伸出去掏人心脏的爪子的影子让人毛骨悚然；动画片《西游记》中孙悟空百变金箍棒让我们惊羡不已；《少林寺》热播后，乡村多了许多徒手击打树干、在田埂上翻上跳下的疯狂少年……

有时候，风太大，吹得荧幕摇摆不定，就像哈哈镜一样把人物拉得变了形，引得大家哈哈大笑；有时候，下起了雨，灯光中，千万条细线从天空中穿向地面；下得大了，有的人落荒而逃，有的人披着塑料布或打着伞坚持看到最后……

如果是冬天，刮起了风，就算把头都蒙上了，只露出两只眼睛，脚不停地跺，也冻得生疼。

碰到不爱看的戏剧片，如豫剧《卷席筒》等，我最讨厌主角咿咿呀呀地唱半天还没说出一句完整的话来，剧情推进太慢，看着看着就睁不开眼了。

等到散场时，得姐姐们左右各抓住一只胳膊强行拽着我往回走。田埂太窄，一不小心我就跌到田沟里去了，有时还把姐姐也带下去了。实在不行了，姐姐们只好轮流把我背回去。当初我为了能跟姐姐们出来看电影而许下的"我自己走！"的豪迈诺言已经忘到九霄云外。

最从容的一次看电影，是在家门口的晒谷场上。

1990年，我考上了大学，父母很开心，安排放两场电影，以感谢亲戚和乡邻们对我们的关爱帮助。客人很多，很热闹，也很炎热，我忙着招待亲朋，记忆中屁股没落过凳子。

那是我最后一次在乡村看电影。

林 尖 行 走

高中以前，我的暑假生活几乎都是在外婆家度过的。

外婆家在杨家冲，是母亲口中的"山里边"，比我们家住的"畈"上好玩。那里有山有树、有瓜有果、有虫有鸟，还有带我到处掏鸟抓鱼的表哥。

表哥和我的主要任务是放牛。

我们一群小伙伴把一大群牛赶到深山里，任由他们去树丛中找草吃，或是吃灌木的叶子。山大，树高，林密，牛钻进去以后，我们就看不见它们了。

我们也不敢钻进去。

里面有很多蛇。有一次我抓住一根树枝，准备拨开一条缝，想钻进去找牛，怎么感觉手凉凉的，定眼一看，哎呀！我竟然抓在了一条伏在树枝上的黑油油的蛇身上。

树叶背面也有很多黄绿色的"痒辣子"。这些痒辣子不是辣椒，而是一种蠕动的小毛虫，虽然比小指头还短，胖乎乎的，看起来还有些可爱，但绝对是我们的童年阴影。它背上都是软软的肉柱毛刺，毛刺里充满毒腺，皮肤一碰上它就火烧火燎起来，奇痒无比，刺疼难耐，皮肤肿了一圈，并且鼓起了一大串水泡。如果抓一下，不仅止不住痒疼，反而马上就溃烂了。真应了一句"摸一把提神醒脑，抓一把神魂颠倒"。

飞舞的野蚊子浑身长满像斑马一样的黑白相间条纹,个头大,凶猛无比,就像八百年未吃饭的饿鬼一样,不动声响,朝着裸露的皮肤狂扑,根本不怕死。即使隔着衣服,它们长长的嘴巴也能伸进去叮人。大白天的,它们也频频出动。蚊子多的时候,一巴掌拍下去,被拍死的蚊子在皮肤表面呈现出一个黑手掌的形状。

表哥在牛脖子上挂上了铃铛。这样,牛在拉扯树叶时,一摇头铃铛就会发出响声,就给我们指出了牛的方位,方便我们去寻找。但有时候牛吃饱了,就地躺在树丛中休息休息,甚至是睡着了,铃铛就不响了,我们就不知道方向了。有几次天已经很黑了,还找不着牛,急得我和表哥就要哭了。

为了躲避蚊虫叮咬,我和表哥想到了一个好办法。我们爬上大树,骑在大树杈上,或坐或躺,稳稳当当,舒舒服服。

坐在一棵大树的不同树杈上时,我们就围坐起来,在中间树干上挂个布书包,一个人负责发牌,分到的牌拿在手里,打出去的牌就装在书包里,这样,我们就可以放松地打打扑克了。

各种野果都熟了。红红的野山楂挤成一团,一串串黑紫色的山葡萄像珍珠玛瑙沉甸甸地坠着,白色的"八月炸"敞开了胸膛,醉人的香气飘出老远,我们尽数搜摘。

加上从家里带的窝窝头、葵花籽、红薯干什么的,我们随时开一个丰盛的"树杈野餐会"。

分坐在不同的树上时,我们会骑在很有弹性的树枝上,一边晃悠一边吹牛。如果树上有橡子和果子,那就成了我们的武器,我们互相扔"炮弹",打一次攻防战。

有时候,正好爬到野李子、野梨子、毛桃或者梅子树上,我们就可以饱餐一顿了。

最开心的是树上位置高、光线好，蚊子不会飞上来。在爬上来之前，我们已经踹过树或是摇过树，确认上面没有蛇了。我们寻找的也是"痒辣子"不喜欢的那种树。

在山里，太阳上午来得晚、下午落得早，穿行于林间羊肠小道上时，两旁的灌木丛蓬到一块了，又有大树遮挡，特别是阴雨天时，有一种遮天蔽日的感觉。

爬到树上后，突然光亮了许多，放眼一望，群山尽在眼底，郁郁葱葱，色彩斑斓。山脚边的竹林和山脚下的田地连成一片，围绕着山冲里的几间瓦房，厨房的烟囱里还冒着袅袅炊烟。

要去其他地方时，我们也不下地了，直接从这棵树枝上爬到树枝交叉的另一棵树上去，碰到有落差的，我们便像猴子一样跳过去。

有的时候两棵树隔得有点远，只有枝条末端有些交叉，是难以爬过去或跳过去的。这种情况下我们就"曲线"前进了。我们转而寻找旁边长得直直的、枝条少、富弹性的那种树，爬到树尖处，抱住树朝临近的树摇晃，随着摇晃幅度的加大，树尖也弯曲得厉害，差不多要碰到另一棵树树尖了，这时我们抓住时机，一只胳膊迅速抱住另一棵树，这只胳膊马上放开之前抱住的那一棵树。

这样，我们就成功转移了。

也有马失前蹄的时候。要么晃得太厉害，树尖部分折断了，要么晃过去后还没抓住另一棵树，就放开了这棵树，整个人直接飘在空中了，开始跌落。幸运时，可以抓住折断的树枝或其他树枝缓冲一下，倒霉的时候，就直接一屁股坐到地上了。

（杨福徐 画）

我和表哥坐在树尖枝桠上，放眼一望，山外有山，郁郁葱葱，色彩斑斓。

烟火乡村

虽然掉下来过很多次,但都是有惊无险,地上长年的落叶,铺成了一张无处不在的厚毯子。

一大群孩子就像一群"树上飘",从这片树林窜到另一片树林上,惊起一群飞鸟,孩子们的兴奋吆喝声和鸟的慌张尖叫声交织在一起,惊醒了寂静的山谷,久久回荡……

现在回想起来,爬到山顶高高的树尖上,让少年的我第一次感受到"际高而望,目不加而明",自此种下了走出大山的梦想。

萦梦的烟火

自初中住校起,我便开始离开日复一日长住的村庄,上学和回家都要渡过三面环抱村庄的涢水河。

每次回到家对面的山坡上时,我就站在高高的大石崖上,手卷成喇叭,扯着嗓子对着村庄长喊:"爹……妈……姐姐……过来接我……!"

我的呼喊声在河边山谷里回荡,也连绵传送到村庄。

"哎,听到啦……"

过一会儿,父亲或姐姐就扛着一担小划子(鄂北地区一种超小型双斗小木船,双斗之间由两根横杠连接)从院子里走出来,穿过斜坡,下到河边,将小划子平放水面,站上踏板,撑起竹篙,来将我接回对岸。

远远地,就看见家里厨房烟囱马上涌起了袅袅炊烟。

走上家旁边山坡小道,混合着饭菜香的烟火味已经飘过来了,引得我不由加快了脚步。

进到堂屋,迎接我的是满身烟火味的母亲,和排满桌面的一大碗一大碗饭菜。

每一次回家小憩后,我都又满血复活、满心期待地再出发了。

炊烟和烟火味,就是我脑海中回家的印象和味道。

从两周回一次家，到一个月回一次家，再到半年回一次家，每一次的等待接船时间，都是我和炊烟的约会。

早春，树木刚从寒冬中苏醒过来，春寒料峭，乍暖还寒，但温暖的地气穿过根系树干，涌流到了枝头，各种鲜嫩的芽苞正在萌动。

此时的炊烟是新奇的、素雅的，仿佛也脱去了笨重的冬装，轻盈、纤细，飘散在树枝丛中，与早春的雾霭糅合在一起，在微风轻拂的杨柳条中若隐若现。

夏日，整个村庄被浓密的墨绿枝叶所笼罩，已经完全看不到房屋的影子。一缕缕炊烟陆续升起的时候，从河对岸才能依稀分辨出村子的轮廓。

家乡的夏天通常是无比炎热的，没风的时候热得像蒸笼，有风时吹的也是"火风"，热得乡亲们几乎吃不下饭，家家户户都是一大早煮一大锅绿豆稀饭，三顿就着咸萝卜消暑。

这个季节的炊烟是短促的、潦草的，也是薄淡的、慵懒的，似乎也被热得没有了精神。

离离暑云散，袅袅凉风起。一阵秋风吹过，村庄的外套一改统一的绿色格调，渐变成绿黄交错的迷彩服，心急的树叶翻飞着奔向大地的怀抱。

人人都享受着这股凉意，爽得通透，胃口也好起来，趁着田园果园菜园丰收，家家都先后升腾起连绵的浓浓炊烟，一冲夏日的寡淡，补补秋膘。

炊烟由细到粗，由淡到浓，最后又归于细、淡，此时的村子里，"娃嘞，回家吃饭啦"的叫喊声此伏彼起，仿佛为炊烟的舞蹈作一个完美的收场。

寒风吹尽了每一片叶子，所有的树枝都突兀地刺向天空，整个村庄像被围在一个树木组成的栅栏里面。青黛的瓦片、黄的土墙、黑的树枝，连同枯黄的山坡，肃穆立在灰蒙蒙的天空下。

风停后，炊烟从纵横交织的栅栏里直直地升起来，格外清晰。

下雪了，开始是微小的，如同夜来香花瓣，被风裹挟着漫舞；慢慢地，慢慢地，变成了大片大片的白玫瑰花瓣，优雅地缓缓飘落。

炊烟被风吹得窈窈窕窕，从徐徐纷落的重重雪花幕帘看过去，就像在播放一段蒙太奇手法的电影片段，炊烟仿佛在不停奔跑，并曼妙着身躯去承接每一朵雪花。

雪停了，整个村庄变成了黑白两色，屋顶上盖上厚厚一层雪。烟囱周边的积雪最快被融化，形成一块圆圆的黑圈。炊烟与蒸腾的水汽氤氲缭绕，在白雪的映衬下，蓝得更加纯粹。

厨房里，母亲在灶台上忙碌着，我坐在灶前的小板凳上添柴加火。

不同质地的木柴，火苗呈现出不同的颜色，有时是黄色，有时是红色，有时是蓝色；也发出不同的声音，有时是噼噼，有时是啪啪，有时是"噗嗤"一声笑……

我看见，木柴的灵魂在且歌且舞。

走出门外，条条炊烟如同火苗挥舞的长袖，缠绕在一块，又与低空的云相连接，仿佛源源不断地在向天宇传送来自大地的人间烟火。

乡村味道

所有的美味,其实都是蕴含的满满亲情和沉淀的芬芳时光。

杀 年 猪

"有钱没钱,杀猪过年"。在农村,年关来临,能否杀得起一头猪是一户农家是否富裕的最直观评价。

如果在找媳妇时,有旁人扯闲话说,"那家过年连头猪都杀不起",那这个男人只有打光棍喝西北风的份了,这种家境是差得最让人看不起的。

杀猪饭就是在杀猪时大宴宾客乡邻的一个大聚会,老家叫喝"血花子汤",即是用最新鲜的猪血加上豆腐做成的美味的汤。全猪宴也最能反映一家人是否大方,杀猪时请多少人吃饭,多少人又会来吃饭,主人家菜如何,特别是舍不舍得让宾客放开肚皮吃猪肉,会在乡邻中议论很久。

杀猪一般是在腊月二十之前进行,因为腊二十三就要过小年,要祭灶神了,再晚就来不及了,屠夫也忙不过来了。也有心急的冬月就开杀了,早一点开荤过冬。

要杀猪,首先要定好日子,再给屠夫带个话。

我们村的那位屠夫整张黄铜色的脸上都是坑坑洼洼的出天花后留下的麻子,鼻子两边是两条纵向的深深的如刀刻般的皱纹,熏黑的手指永远夹着烟头。他在家排行老幺,所以大家称"幺麻子"。叫久了,大家都忘了他姓什么了。

在杀猪前的一些日子，主人家一直给猪喂碎米加麦麸等精饲料，好让猪增增膘，但计划中杀猪当天早上不喂猪，要等杀猪的人及请来帮忙捉猪的人到齐后才喂，方便将猪抓住。

幺麻子一头挑着一个一米多长的狭长木腰盒，另一头挑着装满刺刀、砍刀、铁索、鹅卵石等用具的竹筐，来到小院外面，预示着一场屠杀，也是一场盛宴即将开演。

女主人先是在猪圈内喂给猪最后一顿食物，也是最好的一顿食物，有的猪吃得很开心，有的猪或是前几日已经听到其他猪临死前的嚎叫，仿佛已经预知了末日的来临，对口边的美食索然无味。心软的女主人在喂猪时也会偷偷落下几滴清泪，养得久了，都有感情了，于心也不忍。

时间差不多了，捉猪人便进入猪栏捉猪。

有的猪比较敏感，似乎读懂了主人杀猪的言语及神情，在计划杀猪的前一晚就拒不回栏，流浪野外，要费得女主人千呼万唤，猪最终禁不起好食材的诱惑回到猪栏难逃一劫；也有的猪坚决不上当，导致杀猪计划流产改期。

有的猪在猪栏里感受到当天的氛围不对，在女主人开猪栏门准备喂食时就一冲而出，幸运的还冲出了院子门逃脱出去，不幸的就在院子里被擒获。

最悲壮的就是在享受美食时被捕上刑凳的了。两只后腿冷不防被抓住拽起，猪整个向前扑倒，还没弄明怎么回事，嘴巴被磕在木槽上，两只前腿又分别从两边被抬起，猪头也被抓住双耳死死按住。几个人一起使劲，猪就被搬到了条凳上等待挨宰的份了。

也有的猪剧烈反抗，前腿踹伤了捉猪人的手甚至脸，或是飞快地转身开口便咬,喉咙里发出愤怒的咆哮,听起来叫人害怕,同时在猪栏里焦急不停地转圈,试图找出突围的缺口,吓得人们纷纷后退。这时有人拿出了钢叉,瞅住一个猪在墙角的时机,拦腰将其叉住抵在拐角处,众人便又一拥而上,将其扭上条凳。

有经验的捉猪人会在猪吃食时,悄悄地将绳索套在猪的后腿上,两边同时一拉,猪再挣扎也跑不远,充其量是多耗一点时间而已。

有的猪逆来顺受,似乎早已认定自己的命运,抑或明白自己的价值所在,稍做反抗便顺从了,被四个人分别按住了四肢,拖到早已准备好的两条长条凳上。

幺麻子用左手按住猪头,右手从口中取下咬住的尖刀,一刀捅进喉咙……猪浅浅地嚎叫几声,便无声息了。马上有人用已经放了淡盐水的木盆接住了猪血。

在这个关口,也会发生意外。

有的屠夫一刀捅进去,猪还在乱动,不停地嚎叫,也没有多少血流出来。原因是没割断气管。屠夫只好捂住猪的口鼻,用刀死死别住猪喉,将其憋死。这样死去的猪没有多少猪血(猪红)流出来,最重要的是血花子汤没法喝了,更不好的就是血渗到肌肉里去了,猪肉看起来呈乌色,不是皮白肉红的,影响观感,也影响口味。纵使这样,屠夫也不会抽出刀来捅第二刀。在家乡,用第二刀杀猪太不吉利!

还有更糟糕的。

刀子已经捅进去了,猪在高声嚎叫中拼死乱咬乱踢,猪个头大,挣扎也太猛,咬伤或踢伤了人,有人在慌乱中松开了手,旁边的人补救也来不及。猪竟然在脖子捅着刀的情况下冲出门扬长而去，留下一趟血迹，还有人们张大嘴的一地惊讶！

在正式杀猪的时候，堂屋门是要关上的，不满12岁的孩子都被母亲叫到房里不让看，为的是避免猪的灵魂附着在小孩身上。门已经被母亲从外面扣住，我们躲在屋里，听着捉猪的喧闹声和猪的惨叫声，既紧张又害怕，既激动又期待，用手指塞住耳朵，又忍不住凑近门缝里偷偷往外瞧……

血流进木盆后，被迅速拿到锅中用开水"紧"一下，并划成一大块一大块的几坨，作为制作血花子汤的主要原料。

接着，幺麻子会在一只后腿上切一个一寸左右的口，用一个一米多长一指粗的油亮的细铁棍伸进猪皮里去前后左右倒腾一番。然后用嘴对着伤口吹气，猪皮马上膨胀起来，变得更加肥大。现在想来，吹牛皮没见过，吹猪皮倒是见过不少。

随后，猪被抬进长腰盒里，有人找来几桶烧得滚开的水，一瓢一瓢地浇上去。跟班迅速用小刀刮去猪身上的毛，腿上的毛难刮一些，需要多费一些时间，也可以过一段时间再用烧滚的沥青拔。猪蹄子则用刨子剔掉角质层。在不好清除的部位，幺麻子他们还会用鹅卵石砸搓，效果也很好。

这时，一只刚宰时的黑毛猪彻底变成了一只肥肥大大的白皮猪。跟班解开后腿伤口处的细绳，猪又缩小了一些。大家一起将猪抬起来，用铁钩子钩住倒挂在树杈上。

又到了幺麻子大显身手的时候了。

他先将脖子伤口处再捅一下，放去槽口血，然后沿脖子划一圈，顺利取下猪头，猪鼻子朝上放在门板上，等待加工后祭祖。

有时，淘气的孩子们会趁大人不注意，在猪鼻孔里插上两根大葱——装象,引来一阵笑声。

接着,以肚脐为中间点顺着纵向的线将猪从上到下对半分开,即"开边",然后依次取下心、肝、肺、腰子等交给厨房下锅;再取下肚子、肠子、膀胱等单放在另一个盆里,等待吃饭后再翻肠洗肚。猪的板油也会被认真地清理出来,单放一处,等待炸炼,这是农家炒菜必备的上品。

剩下的就是剔骨割肉的正活了。俗话说:"猪大猪小,二十四个卯",肉从尾部算起,依次是坐墩、二道臀……到槽头、项圈,骨头则分为排骨、脊骨、腿骨等,幺麻子会按照不同类别分别盛放。

这时厨房里的肉香味阵阵飘来,不断有做好的菜端出来,又有刚砍下的肉送进去。

开饭的时间到了,一般都是几桌同时开。菜以猪肉为主,都是一式两份上,有小炒五花肉、粉蒸肉、干炒槽头肉、炖排骨、韭菜炒血花、爆猪肝、熘腰花……当然还有自家菜园的菠菜、大白菜、土豆、萝卜等,还有最重要的血花子汤。

坐席是按男人、女人、小孩分桌安排的,桌椅板凳、锅碗瓢盆也都是邻居凑来的,酒是自酿的谷酒"土炮"。孩子端着大海碗吃得津津有味,嘴上脸上都沾满了油光,衣袖也油光了起来,或是拿着大骨头边啃边玩。女人们吃得较快,一边吃一边帮忙上菜。男人们桌上的菜不停地添加着,酒是用碗盛着的,酒劲上来后,说话声一浪高过一浪,有人开始"敲杠子"(用筷子相击,同时喊"杠子、老虎、鸡、虫子"中的一种来比较决定胜负);有的人回味这一年的收成光景,也有的人羡慕谁家的孩子学习成绩好，或谁家的儿子当兵了入党了提干了；也有的交流致富信息，盼着来年的丰收。

　　酒醉饭饱后，大家满足而去，有些大方的主人还会割一些小条的肉让大家随手带回家去。

　　之后，主人家开始制作灌肠（香肠），馅有纯瘦肉的，有肥瘦搭配的，也有糯米掺血的，同时晒制腊肉，炸炼猪油。猪头皮和猪蹄通常是在祭祖后，用大年三十晚上整夜的炉火熬透，加入红辣椒、生姜、葱花，冷却后就变成了色彩斑斓晶莹剔透的皮冻，是正月最受欢迎的下酒菜。

　　杀猪宴后，年味越来越浓了……

打 爆 米 花

腊月，当脸上沾着黑灰，一头挑着炉子，一头挑着爆米花机的老师傅风尘仆仆地赶到小村时，预示着欢乐的一天即将开始……

最雀跃的当然是小伙伴们了。

打爆米花的师傅来了，意味着放寒假了，意味着马上要过年了！表明年货准备进入倒计时……

老师傅有时会带着一个年轻的助手，他们会找一个开阔的平场子，又是避风的地儿，摆开打爆米花的架势。

他们的主要装备就是一台老式大炮爆米花机，我觉得叫炮弹爆米花机更贴切。我一直感觉这个家伙就像战争电影里日本鬼子投放的炸弹。机子的主体是一个用生铁铸成的椭圆形鼓肚子的容器，一头是封闭的，另一头开有盖子，盖子被两支弯头与螺杆连在一起，弯头上有"耳朵"以便与机体上的"耳朵"扣紧。螺杆的另一头连着一个压力表，压力表周围是一个圆铁环连着的四根铁条组成的骨架，在圆环上伸出一支手柄，就是转动机子的摇手。

整个机子是放在两个相对竖立的铁支架上，机子下面放置一个火炉，炉子边缘两耳高、中间低，正好让机体鼓鼓的肚子在旋转时均匀受热，又不至于火力外散而浪费。

炉子下部还开有一个小口，连着一个风箱的管道，风箱是手摇的。有的师傅没配备风箱，我们小孩子就用蒲扇来扇风，让炉火烧得更旺。

小伙伴们用干松毛或干麦秆引燃炉子，并加入栎树枝等，蓝色的烟便袅袅升起来……蓝天下，白云悠闲地飘着，太阳暖暖地照着，一场热闹欢乐的活动拉开了序幕。

老师傅先是将机盖打开，用刷子认真地将机膛内刷遍，把上次在其他地方炸过米花后剩余的东西刷干净并倒出来，然后盖上盖子，将空的机体放到支架上。他一手转动摇柄，一手摇动风箱，让机体旋转预热几分钟。然后，他把机子竖起来，再次拧开盖子，用搪瓷缸子舀出一缸大米，倒入机膛，并拧紧盖子，重新放到支架上继续加热。

老师傅一边摇手柄，一边观察手柄中央的压力表，再过几分钟，他觉得火候一到，右手就握一支空铁管套在机体小弯头上，使劲一抬，左手摇柄一下压，再向右一转，就将机体搁在旁边一块敦实的厚木垫上。

这时，助手早已把一个特制的有豁口的藤制透底的圆筐摆好，并展开圆筐后面连着的一条有两米多长的布袋，布袋是敞口的，但袋口已经扎实了。

老师傅的机子头正好落在圆筐的豁口处。

一切准备就绪。这时，胆小的女孩子们马上躲到远远的墙角去了，胆大的男孩则蹲在旁边捂起了耳朵。

老师傅用力一扳铁管，"嘭"地一场巨响，机头腾起一团白雾，瘪瘪的长布袋猛然被热浪撑得饱满浑圆，像一条圆嘟嘟的大蚕，整个布袋里冒出白色的水汽，一股浓郁的米花香气霎时便弥漫了整个山村……

响声惊动了更多的小伙伴闻声赶来。

刚才躲到旁边的孩子们一下子围到布袋旁，贪婪地吸着香气，迫不及待地等着，眼巴巴望着，巴不得早点打开布袋。

老师傅戴上被熏得黑黑的厚帆布手套，挪开机子，准备灌入第二缸大米；助手就双手抓起圆筐往袋尾方向使劲一抖，然后顺着布袋一路捋过去，布袋尾巴就充实起来了。这时，他解开袋尾的绳索，白花花、胖乎乎的米花就"噗"的一声落在事先备好的脸盆里。

抢！你一把我一把，甚至双手开弓，头一锅马上被一抢而光，每个人脸上都露出了欢欣的笑容……

这时，赶来打米花的用具已经排起了长队，有的是瓦盆，有的是布袋，有的是蛇皮袋，有的是筛子，里面装的物品也各种各样，有玉米、黄豆、蚕豆，也有阴米（一种蒸熟后又阴干的糯米），当然最多的是大米。

各家的小朋友也纷纷搬来了要加入火炉的木材，堆放在一边备用。

有的时候，由于村里家数多，旁边的小村及附近的零星人家也要顺便赶过来打爆米花，师傅们要从上午忙到晚上，还要扯起电灯加班，有时甚至留宿一晚第二天接着干。

黑夜之中，转动的机体带动炉中的火，火焰围着机体跳舞，温暖着冬夜里人们的双手，也温暖了他们的心窝；机体挂动烧着的木柴头时，一群群小火星向夜空飞散，映红了孩子们的脸膛……

打爆米花收取的费用很低，一般是打一缸三毛钱左右。实在没钱的，也可以用大米折价抵算。

133

一群群小火星向夜空飞散，映红了我们的脸，也温暖了我们的心。

（杨福徐 画）

烟火乡村

正月，到乡亲家拜年时，用开水冲一碗米花，加入红糖，再配上几粒红枣或几根姜丝，热腾腾、甜蜜蜜、暖乎乎……

母亲还用自己熬制的麦芽糖浆，蘸上黑芝麻、花生仁、葡萄干等，混上米花，搓成一个个米团子，或是再切成片状，香甜酥爽……那是我们最爱的零食。

有一首词最能描绘打爆米花的意境：客来爆米花，众孩子围着它，激动心情难按捺。寒风在刮，围炉说话，不知不觉夕阳下。看人家，满袋拎回，一路笑哈哈。

现在打爆米花有了很多时髦的机器，在电影院入口大厅里，箱子形状的电动爆米花机不断烘烤出爆米花，但空气中总充斥着一股让人窒息的甜腻。我经常见到这种爆米花，却没有一丝惊喜，也丝毫不能激起品尝的欲望。

老手艺虽老，但里边有时光的味道。

熬　糖

"丁零零，丁零零……"，公园林荫道上，慢步走着一个挑着箩筐担子的农夫，他手上的两块小铁片相互敲击发出清脆的响声，吸引了我的目光。

他的箩筐上各放着一面筛子，一张白纱布半盖在筛子上，露出半坨洁白的麦芽糖。

有几个小朋友奔了过去，围到担子旁。农夫将木勺搁在麦芽糖边缘，用小铁锤轻轻一敲，一块扁扁的糖就脱开了，落在白面上。农夫用小铁秤一称，很快算出了价钱，把糖块递给了小朋友，小朋友高兴地塞进了嘴里……

甜甜的感觉便弥漫了整个公园。

在家乡，这种糖叫"敲糖"，母亲是熬这种糖的好手。

最早的时候，熬糖是用大麦芽作引子的，后来因为大麦不好种，母亲就用小麦芽试一试，效果也不错，以后就一直用小麦芽了。

母亲将小麦放在盆子里，每天早晚淋一些清水，过了几天，小麦头上就冒出了白白的小嫩芽。将整个麦芽放到石臼里碓，捣得烂烂的碎碎的，晒干备用。当然，时间来不及的时候，也可以直接用新鲜的麦芽糊。

熬糖这天，母亲起得特别早，煮好一大锅米饭，一家人吃得饱饱的,准备大干一场。

母亲将少量米汤倒进锅里,将米饭刮平,再将麦芽糊均匀地铺在米饭上,接着就进入关键的"拍火"阶段了。

"拍火",就是利用热量将糖分从米饭粒中"催"出来,其中最考验水平的是如何保持恒温。

木柴选材最好是栎树或树兜子,烧过后的木炭火力稳定,可以让锅里的温度既不高也不低,始终保持在一个恒定的温暖状态。

温度过高,把水煮滚了,麦芽会被烫死,就出不了糖。要不停地用手伸到土灶里探试,一旦感觉到温度升高,要赶快用火灰盖住火炭;灶门要用铁皮挡着,免得吸入风加大了火力;又不能让温度过低,一旦感觉温度开始下降,要马上从其他灶里补充放入一些燃着的火炭。

在温暖恒定的摇篮里,麦芽活性菌与米饭粒中的糖分子充分拥抱激荡、跳跃扑腾,随着时间的流逝,米饭粒被酵的空空的,仅剩下一层米皮,米汤也更加浑浊了。

接着,我们将米饭连同米汤一起全部舀起来,用摇包摇一摇,过滤后的米汤又重新倒回锅里。

这时候,就是大火伺候的熬制阶段了。

当一大锅米汤熬得只剩下小半锅时,开始用木搅把不停地搅动,免得汤汁被烧糊。米汤由稀开始变稠,颜色也开始由米白色逐渐变成淡黄色、深黄色、金黄色乃至酱色。

母亲用搅把刮起一团糖泥,糖浆顺着搅把滑了下去,由粗变细,末端往回卷起一条细细的、透明的、金黄色的小钩钩时,熬制工作就结束了。

137

剩下的就是"拔糖"了。

糖不拔不白，也不酥。要乘糖半湿半冷时开始，否则就变硬了，变成褐色或黑色了。父母拔糖的花样很多，可以将锄头把、铁锹把洗干净，拉扯着温热的糖泥一圈一圈地缠绕；也可以两个人像拧湿被子一样一边拧一边拉长；还可以像纺线一样，绕着木桶转圈拉长。

拔好的糖变干变白，也变酥了，最后团成一圈，搁在摊上细面粉的筛子上备用。

腊月里，母亲将一部分糖放进盆子里，搁在锅里，锅里放水，灶里烧火，将糖块熔化，就可以蘸上芝麻、花生、爆米花等，切成片，制成美味可口的麻糖片了。

熬糖和制作米花糖时，我们姐弟六个像小虾米一样围在灶台边，不停地用筷子从锅中绕一团一团的糖泥吃，烫着嘴巴了也不管，坚决地咽下去。

那个年代，我们不知道大白兔奶糖，也不知道德芙巧克力，更不知道哈根达斯，但是在过年时，拿着母亲亲手做的米花糖团子，蹦跳着走在清爽整洁的田间小道上去拜年，是我们最开心的时刻；敲下一小块麦芽糖，含在嘴里，慢慢地等着它融化，是儿时最甜蜜的记忆……

生活似乎也如熬糖，要熬得住寂寞，把握住温度和火候，保持住活力，经得起拉拔，才会更加香甜。

酸 白 菜

天气渐渐变凉了，越发想念母亲做的酸白菜。

过年时节，大鱼大肉多、烟酒多，在宴席上，一盘酸白菜，下面垫着鹅黄的酸白菜叶，上面铺成像小山丘形状的洁白的酸白菜帮，再在上面点缀一些绿的葱、黄的姜、红的椒，似乎囊括了春夏秋冬四季，再淋上少许小磨芝麻油，马上香气四溢起来。

夹一口放进嘴里，冰冽、脆爽，酸溜溜之后带着微辣、微甜，随着咯吱咯吱的咀嚼声，一直浸透到心底，浑身便轻巧愉悦了许多。

入冬之后，母亲就开始张罗着制作酸白菜。她喜欢包心白菜胜过卷心白菜，因为包心白菜叶少菜帮多，大伙儿更爱吃酸白菜帮。

我和姐姐们从菜园里把白菜从根部切断，然后用箩筐抬回院子里，剥去外面的老烂帮子，从井里打上水，将白菜清洗干净，母亲将白菜切成四半备用。

姐姐们早已烧好一大锅水，母亲将白菜放到沸腾的开水里来来回回拖两圈，然后捞起搁在竹筐里。等到水沥干后，母亲将食盐细细地搽抹在每一片叶子上，菜帮处抹厚一点，菜叶处抹薄些，之后将白菜一层一层码进一个陶瓷大缸里，并用一块大鹅卵石压住。

这个陶瓷大缸是专门用来腌制酸白菜的。腌制酸白菜季节来临，就是它又一次表现自我的机会。

母亲已经在前几天安排我和姐姐们认真清洗大缸。我们把缸抬到院子里，里里外外用干丝瓜瓤一遍一遍地擦洗，将陈年老垢全部清除。因为缸太深，姐姐们便安排我站在椅子上，两个姐姐各抓住我一条腿，我大半个身子探进缸里擦洗缸底，洗完后再清水多次冲洗，再将缸侧靠着墙角对着太阳曝晒。

有一次，四姐走神了，松开了抓紧我左腿的双手，我直接跌进了缸里。

母亲说，只有缸干净，白菜干净，水干净，白菜才不容易烂，才好吃。

等到烫白菜的水完全凉透了以后，我们再将水倒进缸里，水位以刚刚漫过白菜就可以了。

剩下的，就是我们耐心地等待了。

大概一个月左右，缸水面覆盖了一层白色的沫子，从缸里散发出丝丝酸味，预示着酸白菜差不多可以出缸了。

白菜在变酸过程中，菜体里的水分也被腌了出来，水面比刚放进白菜时高了许多，已经完全淹没了鹅卵石。

那时候，我最怕的就是母亲叫我去捞酸菜。零下七八度的冬天，菜缸里的水格外冰冷刺骨。

特别冷的年份，放在家里墙角的缸里也结了冰，还得用斧头将冰面敲出一个大洞来。

我挽起袖子，一只胳膊极不情愿地伸进水里，摸索到石头后，另一只胳膊赶紧伸进去帮忙，把石头抱起来放在凳子上，然后捞出几条酸白菜，再赶紧把石块放进去压住白菜。

将白菜交给母亲后,我连忙清洗胳膊上的酸味,再笼上温暖的棉袖。

母亲将酸白菜用清水漂一漂,切成条或者丝,马上变出好几个花样菜式来。

最简便的就是凉拌酸白菜了,还可以酸白菜炒鸡蛋、酸白菜炒肉末、酸白菜炖五花肉、酸白菜炖粉条等。

因为酸白菜的加入,这道菜仿佛被激发了神奇的新活力,马上让人胃口大开、酒量激增起来,这道菜必定是早早被一抢而光的,宴席氛围也因此更加生动而荡漾开来。

酸白菜缸里的水虽然酸,却是解酒的好方子。经常有邻里妇人来我家讨酸水,以解自家男人的宿醉。

酸白菜也是我们少时的零食。嘴馋时,从缸里捞出一棵酸白菜,在水里摆一摆,和姐姐们七手八脚地各自分抢得几大片菜叶,撕成一条一条的,就直接享用了。

有一种爽叫"酸爽",我想,这大抵是冬天吃酸白菜的味道。

辣 之 味

在湖北老家,辣椒叫"海椒"。

来广东二十多年了,我吃辣椒的功能已经远远地退化了。

但,炒辣椒时散发出的那种恰到好处的呛味,和弥漫的如同刚割完青草后的霸道青味,却永远最能激发我的味蕾。用刚从菜园摘来的辣椒炒肉丝,永远是我心中最美味的一道菜。

小时候,母亲早早地就预留了几垅种辣椒的菜地,这是全家人的共识。其他的菜可种可不种,辣椒却是一定要优先保障的。没有辣椒,母亲不知道如何炒菜,我们的饭也不知道怎么咽下去。

不知道哪个年代从美洲漂洋过海传过来的辣椒,估计没有想到自己会在东方大地受到如此青睐。

辣椒的种类很多,我家喜欢种的那种土辣椒既不是圆圆的灯笼椒,也不是五颜六色的朝天椒,或是很长很长的线椒,而是一种不长不圆,既有辣味又不是特别辣的,最普普通通的辣椒,像极了中庸的性格。

辣椒苗刚长出时是挤成一团的一片小秧子,头上仅顶着两片小叶子,细瘦、娇弱,根本看不出成年后的辣味十足。

母亲将小秧子一棵一棵地移栽,为它们腾开舒展成长的空间。

为了防止小苗被小虫子密集地缠住，母亲趁着露水，撒上草木灰；为了对付地里的土蚕，母亲在根部埋上"六六粉"（一种当年的剧毒农药），有时用小铲子仔细翻找，把白色的土蚕挑出来，带回去丢给鸡吃掉。

辣椒在呵护的目光中一天一天长大了，伸展出枝叶，亭亭玉立，白色的小花倒垂着，引得蜜蜂在黄色的花蕊上摸索探寻。

当小辣椒长到约莫一寸长时，就可以摘来吃了。这时的小辣椒很嫩，刚开始有辣味，更多的是清香。将嫩辣椒直接放入铁锅内，用锅铲压着贴在锅壁上，煸得蔫蔫的，再放入盐，淋上一点小磨芝麻油，一口一个，满口溢香。

辣椒再老一点，就可以一个挨着一个，放进灶膛边，让柴火烧过后的炭火来烤一烤，待一面表皮烤出黑黄斑，再换另一面烤。撕掉辣椒皱起的表皮，用刀把子头将辣椒捣碎，再放入一把碎蒜瓣，倒入一些生抽，就是最下饭的菜了。

随着季节的变换，辣椒藤下的辣椒由过去单一的青色逐渐变成了青、黄、红交错混杂，预示着辣椒要罢园了，这一年的辣椒季就要过去了。

冬天要到来了，这时已经不结新辣椒了，赶在打霜之前，叶子还保持着最后的绿色和活力，母亲将叶子一片片掐下来，焯水后凉拌，也是一道别有风味的菜。

辣椒藤被拔掉了。

母亲把那些红透的辣椒用缝衣线串起来，挂在窗沿下，火火红红的，留作来年的种子。其他的辣椒则磨成辣椒面。

藤上所有青的、黄的、红的辣椒全部摘下来，是制作面椒子（又叫"鲊粑粑"）的最好食材。秋末冬初的这批辣椒，因为气温低，皮更薄，肉更厚，更有口感。

将辣椒洗净沥干后剁碎，加入不粗不细的碎黏米面，再添少许玉米面，掺入一些五花肉丁和藕丁，撒入盐，搅均匀，装入坛内，密封阴凉处保存。一个月后，舀出来，文火双面煎成黄灿灿的，就像蟹子粑粑一样，香辣脆爽。

住宿校舍的中学时代，离家几十里地，两周回家一次，母亲用罐头瓶装着的尽量多放油的腌辣椒、辣椒豆豉、辣椒腐乳、辣椒苦瓜干等，都是最好的挂念和安慰。

吃过很多辣椒，但常思念家乡的辣椒，怀念当年那种吃辣椒的感觉。

那不是直愣愣的辣，也不是温吞吞的辣。

那辣味不锐不钝、不徐不急，一路熨帖了口舌胃肠，落入小腹，在丹田鼓荡起一场能量小旋风，仿佛一位深涵内力的大师在运功，动作轻柔平常，但劲道连绵渗出，辣得全身毛孔慢慢张开、小汗微出、大汗淋漓、热气蒸腾乃至醍醐灌顶……

似乎经历了一场洗礼，浑身通透了。

阴米的味道

在家乡,小孩满月宴正式开席之前,讲究的人家会摆一次茶席,就是摆上十盘八盘瓜子、花生、枣子之类的,亲戚朋友们吃吃点心喝喝茶聊聊天,作为正宴的前奏。其中,如果有进口的高档点心等新鲜玩意儿就更显档次和风光,但最让人津津乐道的还是主人最后端来的每人一碗的阴米茶!

阴米茶焦黄中含着白,粉白中泛着黄,汤面上漂浮着星星点点的芝麻,还随意地点缀了几粒红枣和枸杞,热腾腾、香喷喷、甜丝丝……

冬天是老家晒阴米的最好季节,天气干燥,也有暖阳,日子悠闲,时间从容。

母亲提前三四天就将糯米泡涨,然后再用蒸笼蒸上,直到蒸得熟透,然后就拿出去摊开铺在簸箕里,放到屋檐下避阳通风的地儿,耐心地等上七天。

七天之后,对米饭揉搓,尽量搓成一粒一粒的,然后用筛子筛一筛,单粒的就落到盆里,差不多又变回了米的模样,接着进入制作阴米的下一道工序;上面疙疙瘩瘩的小饭团,就再加上水煮煮吃掉了。

经过挑选的单颗饭粒又重新被摊开铺在簸箕上,放到阳光下曝晒。

家乡的冬天是难得有雨的，下雪的时候还未来到，青色的天空映着湛蓝的光泽，空气纯洁透明，仿佛远山也比往日近了许多，甚至可以看到山上大树的外形，所谓"天高云淡"莫过于此了。

阳光也似乎受到好气候的感染，长驱直入；老人们被晒得暖洋洋的，既贪恋阳光的温暖，又受不了阳光的过分热烈，只好在额头上搭起了毛巾或戴上了草帽。饭粒则兴奋啦，她们会逮着这个好机会，趁着主人翻晒，尽情地舒展身体，满怀接受阳光的热情和抚慰。

渐渐地，渐渐地，饭粒从头部和尾部发生了一些小小的变化，从白色变得无色，从不透明变得透明起来；随着日月的交替和时光的推移，待到第七天后，所有的饭粒都蜕变成了一个个晶莹剔透的珍珠公主了，飘溢出圣洁的光芒。

阴米今日初长成。

一部分会直接存放在密封的陶罐里，方便以后取用，其余的就会拿去翻炒。

锅烧热后，首先倒进去的并不是阴米，而是母亲托人好不容易才从50公里外带回来的响沙，为此母亲给了别人三升糯米的辛苦费，也常常被全村所借用。

据说那些沙是从渍水河的下游河段沙滩取来的，白白净净的沙细得像白砂糖一样，均匀细腻，闪着银光。

待响沙烧热以后，母亲倒入阴米，并不断翻炒，随着温度升高，阴米发出噼噼啪啪的响声，体态逐渐丰满起来，颜色也由透明渐变成磨砂状。

母亲将阴米和沙一并盛起，再用细筛子仔细筛过，并轻轻拍打筛子,响沙就干干脆脆地落了下去,只剩下筛面上干干净净的阴米。

也可以直接在锅里放油炒,阴米慢慢由白色变成浅黄,再慢慢变成深黄,最后变成焦黄,香气四溢,飞出厨房,漫向院外。

此时的阴米已经成长为披金戴银,浑身散发出诱人气息的成熟贵妃了。

心急的姐姐抢着去抓了一把放进嘴里,接着马上又吐了出来,"哎哟,烫死我啦!"

母亲舀了几勺放进碗里,用开水冲了冲,再搅拌几下,阴米茶就做好了,引得我们姐弟几个口水直流,抢来抢去,一片打闹。

我们有时候嘴馋了,假装有气无力地叫嚷几声,母亲也会明知故犯地为我们泡上几碗,充满爱意地看着我们阴谋得逞。更多的时候,在父亲农活收工或打猎回来后,误了上顿又赶不上下顿,母亲赶紧心疼地为他泡上一碗打个尖儿。

传说阴米有滋阴壮阳、补血补气、健脾暖胃的功效,过去在老家只有产妇、病人和老人才有理所当然的口福。将阴米用滚油炸得起泡后,兑入少量水煮粥,再加上冰糖和荷包蛋,色香味俱佳。

说来也怪,阴米还是米,但泡出来的阴米茶就有说不出的荤油味,在那个缺油少肉的时代,有时感觉醇厚的荤油味甚至比真正的肉味道还足。

我一直很纳闷,制作阴米要经过洗、蒸、阴、揉、搓、晒、炒、筛那么多工序,还要等待几个7天,真是麻烦,干吗要那么辛苦呢?味道又为什么那么"肥"呢?还特别有发头,几小勺就能泡一大碗。

我问了母亲几次，母亲淡淡地说：可能是多费了些时间和功夫吧。

五谷正是经过了漫长的春播夏长秋收冬藏，才蕴含了高天的灵气和厚土的芬芳。

我想，大概是因为经历了几生几熟的涅槃，汲取了风丹雨露，吸收了日月阴阳精华，才成就了阴米吧。

现在的我们吃快餐、说快语、走快步、结闪婚，恨不得朝播种夕收获，快得连灵魂也跟不上身体的步伐了，还要不停地去攫取和占有，但不幸的是我们已经失去了宝贵的味觉。

阴米虽然叫阴米，但满含的都是厚实温暖的阳光味道。

自家石磨豆腐

在农村，过大年前用石磨打一次豆腐是必需的。自家收有黄豆，磨出的豆腐待客时也可以变换出多种菜式。

在磨豆腐的前一天，父母就把黄豆倒进大木盆里，再倒入清水浸泡起来。

随着浸泡时间的推移，黄豆渐渐地饱满起来，一些杂质及黄豆皮漂了起来，一些碎石也会沉淀下去。父母就势用漏勺把杂质捞起来扔掉，再转移一次黄豆，同时除掉了碎石等。

在浸泡的过程中，父母会换几次清水，清洗掉黄豆发出的酸味，从而使豆腐的味道更纯。

第二天一大早，父亲就在正屋的屋檐下安置好了石磨凳。石磨凳是一张由两根木头组成的一米多长的三脚条凳，两根木头一头是连在一起的，另一头是叉开的，中间有横木条相连。石磨凳中间部位被挖出了圆形的凹槽，正好将石磨稳稳地嵌入其中。

青色的石磨有上、下两块，中心部分有木头中轴相连；上面的那块磨盘上有一个孔，是喂黄豆的入口，这块磨盘还连着一个木头磨柄，伸出磨盘外，柄头上有一个圆圆的孔。

乳白色的豆浆从磨盘缝里慢慢溢出，略有腥味的豆浆香气便飘逸起来了。

（杨福徐 画）

父亲会拿出一个"丁"字形的叫"晃担子"的推磨工具，也是木头作的，长的那头竖着连有一个五六寸的柄，柄头有一圈稍细一点，刚好可以套入磨柄的孔里。父亲再从屋檐的檩子上垂下一根麻绳，绑在晃担子的"丁"字形三岔处，正好将晃担子松松地吊着。这样，双手抓住晃担子，就可以推动磨盘旋转了。

磨盘早已被母亲用刷子蘸着温水彻底清洗了几遍了。在正式磨黄豆之前，母亲还是先灌几勺水到磨盘孔中，方便父亲把磨盘推动起来，同时利用上下磨盘之间的磨动将磨牙缝冲洗干净。

接着，母亲开始一勺一勺地往磨孔中"喂"入黄豆了。这是个技术活，要掌握好节奏，趁着晃担子连着的磨柄刚好经过面前就喂勺，否则就容易被撞着。我也去试过，要么担心被撞着，迟迟不敢伸出勺子，要么真就被撞着了，黄豆撒了一地，导致磨盘空转。

随着磨盘的转动，乳白色的豆浆就从磨盘缝里慢慢溢出，先是打湿了下磨盘，形成多个白色的弧面或是白泥柱子，再接着就将下磨盘全部染成白色，豆浆就咕咕咕地沿着磨盘淌下并流入下面的木盆里。

略有腥味的豆浆香气便飘逸起来了。这是第一道工序，叫"磨浆"。

摇包也早已挂在屋檩子上了。摇包是两根木头十字相交，中间用铁螺丝链接起来，再用绳子拴着交叉部分挂起来，木头的四个角上各有一个粗孔，一大条白色的如同医生消毒棉的白纱布包袱四只角分别穿入孔里，形成了一个可以活动摇晃的包裹。

打好的豆浆被倒进摇包里，两个人各抓住两个摇包角，上下摇晃，好让精细的豆浆流下去，将豆渣留在摇包里，这是"摇浆"。

摇包用的纱布粗细要选得正好，太细了豆浆很难流出去，太粗了流出的豆渣太多，豆腐就粗糙了。摇着摇着，摇包里的豆渣就形成了一个巨大的湿漉漉渣团。

灶膛里的火烧得正旺，过滤后的豆浆接着被倒入铁锅里，这是"烧浆"。

烧浆火候要掌握好，既要将豆浆烧熟透，又不能把豆浆烧糊。烧的过程中要不停地搅动以确保均匀受热。我的角色通常是往灶膛里添柴火，母亲会根据锅里的温度对我发出相应指令。

在烧浆的过程中，锅面会出现一层"皮"，我们叫"豆油"。母亲会用细竹棍沿锅边刮一圈，然后伸到"皮"下面轻轻一挑，一整张豆油就挑起来了，就像一张半圆形的薄饼。母亲同时教给我们一首儿歌："一根钓鱼竿，沿着小河边，看来是整条，钓起是一半。"我马上会接住，走到屋外，插到木架上的孔里晾起来。这样的豆油一锅只能起六七张，起多了豆腐就没味道了。

这种豆油是家乡过年时制作"春卷"不可缺少的主料。主妇们将豆油折叠起来，包入荤三鲜或地米菜等素三鲜，再放入锅中两面煎得黄焦焦的、脆酥酥的，是最显摆主妇手艺的。

下面就进入了磨豆腐最重要的环节了——"点浆"。

烧好后的热豆浆被倒进一个大木盆里，等待点浆。如同"画龙点睛""点石成金"一样，豆腐之所以成为豆腐，"点"就是很神奇。这道工序都是由父亲来把控的，他把石膏水溶化到一个脸盆里，一边往大木盆里画圆圈倒入，一边用擀面杖迅速搅动，原本热腾腾的豆浆随着石膏水所到之处瞬间开始凝固，翻起一个个小花朵，从稀到稠，慢慢地连接成一个蓬松的整体，一些淡黄色的水覆盖在上面，豆浆蝶变成了豆腐花（脑）。"卤水点豆腐，一物降一物"的神奇效应立马显现。

这时,大家开始犒劳自己了,马上盛上几碗,或是喝原味的,或是加上白砂糖、自产的蜂蜜,趁着清香和热气,一勺接一勺地喝下去,全身都变得暖融融的。

豆腐的老或嫩主要靠点浆决定,考虑到大家的口味和不同菜式的需要,父亲对几个批次点浆时会有所区别。

嫩豆腐细嫩爽滑,但容易碎,老豆腐容易成形,但口感比较粗糙。平时大家互相调侃"你还嫩了点",原来人之老嫩也如豆腐。

剩下的工序就是压豆腐了,是让豆腐成形的过程。母亲和姐姐们在院子里的长条凳上放置了好多个簸箕、箩筐等,里面铺的是今年刚收割后晒干的稻草,依然散发出田野的味道。大家将纱布包袱摊放在上面并高高地牵起四只角,父亲将木盆里的豆腐脑一瓢一瓢地舀起倒进去,之后将四只角交叉折叠压紧,然后在上面压上大青石,等待里面的水流走。

父亲也会制作一部分"千张",东北地区叫"干豆腐皮",是用一个像木匣子一样的专用模具,将更细密一些的纱布一层一层折叠放入,每放一层就倒入一些未点浆的熟豆浆,然后紧紧压住,过两小时后拆开,就成了一张一张的像纸一样的薄片了。

这时,热水从稻草里渗出,流淌在地上,院子里到处是水,还冒着雾气儿,也蒸腾着香气儿,家里一副热热闹闹过年的气氛。

有一个笑话说世界上最不会亏的生意就是磨豆腐,稀了可以卖豆浆,稠一点可以卖豆腐脑,正常就可以卖豆腐,豆腐做老了就卖豆腐干,臭了就卖臭豆腐,豆渣还可以做成豆渣粑。的确,黄豆全身都是宝。

收起豆腐、千张后，母亲一般会用清水将它们漂起来，每日换水，便于保鲜。漂不下的，母亲会用来制作豆腐丸子、臭豆腐、臭千张、豆渣粑、豆渣丸子，剩下的豆渣就让猪大饱一餐啦。

过年做菜时，豆腐家族兄弟们就大显身手了。且不说通常的家常豆腐、麻婆豆腐、小葱拌豆腐、豆腐丸子、豆腐泡煮白菜了，还有香芹豆干、黄豆排骨焖豆腐、干拌千张、鱼头豆腐、脆皮豆腐等，当然还有血花菠菜豆腐汤。可以说，没有豆腐不成席！

豆腐因其普通而与所有人都有缘，也因其随和而能与所有菜搭配，有关豆腐的生活谚语也不少。如有关做人清白的"小葱拌豆腐——一清二白"，喜欢占别人便宜的叫"吃别人豆腐"，表明关系近的"黄豆煮豆腐——都是一家人"，说明意思已经很明白的"咸菜煮豆腐——不必多言（盐）"，显示关系比较尴尬的"豆腐落到灰里——吹不到打不得"，还有提醒大家要保持平和心态的"心急吃不了热豆腐"等。

用自家土地生长的黄豆来精工细活磨豆腐，豆腐里满盈的是大地的雄浑和厚实，直抵心扉。

其实，打磨和品尝豆腐又何尝不是一场人生。

至爱亲情

父亲母亲向着夕阳走去，最终消失在地平线里，留给我们的是熟悉的背影和无尽的思念。

母亲的菜园

有一句话说得很直白：你吃的是什么，你就是什么。

换句话说，你吃得越新鲜，细胞就越饱满，身体就越健康，精神就越具活力。反之，结果也随之。

早上起床到市场转一圈，菜品倒是琳琅满目，被商贩浸泡过一整夜的青菜也泛着绿光，但我听到的是它们躯体内正在干瘪枯萎的声音，这点绿光只不过是最后一点活力的回光返照。

它们至少在三四天前就已经被割离了土地吧。

这让我非常想念那些刚摘起来就入锅，弥漫着清甘纯朴的香气，清脆得嚼起来咯吱咯吱响的蔬菜，也更加思念家乡母亲曾经的菜园。

菜园一直都是母亲在打理，我们当然地认为那就是母亲的菜园。

菜园在一个山冲之外的另一个山坳里，沿着坳底种植着密密麻麻的灌木丛，形成一道植物城墙，坳下部是一个堰塘，共同构筑成天然屏障。

坳底里的黑土被耕耘成一块块菜园，层层叠叠，从坳底一直延伸到堰塘边。

靠近山坡的山地，也被开垦成菜地。坡沿上有一棵粗壮的木梓树，园中田埂上还有两棵大姐从外婆家移栽过来的樱桃树。

（杨福徐 画）

母亲的菜园有大大小小十几块。园中田埂上有两棵樱桃树，是大姐从外婆家移栽过来的。

菜园被母亲安排成大大小小方方圆圆十几块。这是她的主场，一家人的咸甜浓淡全靠她调剂；这是她的调色板，一年年的色彩变换全由她描绘。

同样的菜园，不同的主人呈现不一样的风采。

母亲的菜园很少出现青黄不接的情况。

正月刚过，母亲就开始暖种了。她用几块旧布片包着黄瓜籽，浸着水，放到灶台上，吸收灶膛余温；或是再用塑料布包上布袋，让父亲揣在怀里，吸收体温。

过了五六天，黄瓜籽就伸出了白白胖胖的小腿。母亲精耕细耘了一小块细土，将这些籽撒了下去，并且用塑料布搭个小棚罩起来。

又过了几天，小胖腿将黄瓜籽高高举在头上，接着瓜籽壳被分成两半，像戴着一顶斜斜的小帽，再接着壳完全脱落了，露出两片嫩黄的丫叶。

母亲把黄瓜秧一行行栽起来，再插上早已准备好的干树枝，用草绳纵横地攀缠起架子，黄瓜藤就伸出自己的缠丝，爬上去尽情伸展自己柔曼的身躯。

藤上开出了黄色的小花，花蒂上慢慢长出了满身是刺的黄瓜娃儿，等到花谢了，黄瓜不知不觉又长出了许多。等到三月份开始栽早秧的时候，别人家的瓜秧还没育出，我们家就已经有嫩黄瓜招待来帮忙的客人，当点心解渴了。

就像吃黄瓜一样，母亲总有办法比别人早尝鲜，也有办法在别人菜园都罢园后，还能吃得上棉花地里间种的秋黄瓜，格外甘甜鲜美。

这一切都是更多的心血和汗水换来的。

除了下种早，底肥足是最关键的。

茅厕里的大粪和鸡笼里的鸡粪都是纯天然的。母亲一担一担地用粪桶将粪挑到菜园里，再兑上水，在距离藤根一拃的地方挖个窝，灌下去。过上几天，瓜藤就鼓足了干劲，胀满了绿意，趁势开枝散叶。

那时，姐姐们都上学了，我就是那个紧紧跟在母亲身后的小男孩，即使母亲挑着的粪桶飘散着一路的臭气。

"没有屎尿臭，哪有饭菜香"，这是母亲教给我的第一堂农活课。

所有新出生的东西都是一样娇嫩可爱，无论是动物，还是植物。

新出的苋菜、菠菜、苦瓜等各种蔬菜瓜果的幼苗，都是从地缝里钻出来的两片小叶，胖乎乎、圆溜溜、嫩油油，惹人喜爱。

喜欢他们的不光是我们，还有觊觎他们鲜嫩的各类害虫。土蚕在土壤中穿行，半夜时分，咬破苗根，汲取浓汁，乳白的身体逐渐变得墨绿乌黑，当我们挖开泥土时，它便蜷缩起来一动不动地诈死；小黑虫的个头是非常微小的，单独飞行时几乎看不见，当它们成堆地吸附在幼苗上时，幼苗就变成了黑色的，完全不能呼吸，很快就蔫了。母亲将柴火灰撒在上面，是对付它们的绝招，在情况严重的时候还得动用"六六"粉（一种当年的农药）。

在成长的过程中，持续地浇水施肥是必需的，但这也是有技巧的。除了苋菜可以在大中午浇水，苋菜趁势吸取地表升腾的热气从而快速生长外，其他的菜只能在清晨或傍晚浇水，否则就被蒸死了。肥和水的比例也有讲究,有的半吊子直接用肥水浇菜,把菜统统给烧死了。

炎炎夏日,木梓树和樱桃树伸展的绿叶为菜苗们提供了一片荫凉。

各种瓜果藤相继绽放出各色的花朵,一片喧闹,以黄色、白色和紫色居多,浅黄的黄瓜花、苦瓜花和南瓜花,白色花片中带一点粉黄的土豆花,紫色的茄子花,洁白的辣椒花和西红柿花,豆类花色则更加丰富,淡紫色、粉白色、纯白色都有,黄色的丝瓜花和白色的葫芦花顽皮地爬到架子上或是树枝上,高高张扬。

向日葵张开了圆圆的笑脸,系着一圈黄色的围脖,随着太阳从早上的东张转动到傍晚的西望;樱桃树和木梓树也不失时机地凑热闹,为菜园增添一抹粉紫和串串粉黄。

每朵花背后都蕴含着一个瓜熟蒂落的期望。

叶子菜则较着劲茁壮生长,从嫩黄、浅黄、淡绿向深绿变换。泡泡青、白菜、菠菜可以间择着吃,苋菜、韭菜、芫荽、茼蒿、蒜苗则可以掐一茬又发一茬。

收获的季节到来啦!

成筐成筐的黄瓜、南瓜、西红柿、茄子及各种蔬菜被采摘后运回院子里,瓜蒂和菜头还淌着汁儿,散发出清新微甜的香气儿。

樱树枝头挂满红了尖或通体黄亮的樱桃,木梓树上也结满了一扎扎青果。

我们首先专门挑选最新鲜最中看的大快朵颐,其他的就用砍刀剁碎打发给鸡、鹅、猪,它们好像知道这些果蔬曾经享用过自己贡献过的鸡肥猪粪,也理直气壮地津津有味地饱餐一顿。

春生夏长，秋收冬藏，随着一个个节气更替，一幕幕花开花落交替上演，所有的瓜果都经历着由生到长、自幼而衰的过程。

黄瓜、南瓜、丝瓜都渐渐谢去了头顶的花，褪去了茸茸细毛，由嫩黄、浅绿向浅黄、深黄转变，茎也从柔弱变得刚硬，一副饱经风霜的成色和模样。辣椒、西红柿和苦瓜则完成了从绿到红的逆袭。

冬天来了，只剩下一棵棵包心白菜紧紧地蜷曲着身躯，凑拥着站立在菜园里，尽管它们的外衣已经被霜雪冻成了干枯的灰黑。

此时也不用担心，所有的邻居们都早已为自己的传承做好了铺垫。

剖开后取出的南瓜籽、黄瓜籽儿已经晒透，苦瓜籽被摔在土墙上晾干，西红柿籽儿黏在硬纸壳上，苋菜籽和韭菜籽包在头顶的荷包里，得捏一捏才能抖出来。

菜籽长得各式各样，有大有小，有黑有白有黄，大部分是椭圆对称的，但苦瓜籽却长得有点丑陋，表面如同它母亲一样极其粗糙并且布满不规则的沟壑。

豆类的种子最为繁多，除了黑白色之外，红的、绿的、黑的、麻的，及各种花的不下十几种，个头也大相径庭。土豆和红薯的子孙则躲进温暖的地窖里，孕育着下一个春天的希望。

等到整个木梓树满树叶子被霜熏染得透红，木梓果也爆开了黑壳，只剩下满把满把像薏米仁一样的果实时，樱桃树也只剩下光秃秃的树枝，散乱地伸向灰蒙蒙的天空。

整个菜园都失去了绿意，一片荒芜。或许有几支从白菜心抽出来的苔，兀自独立，在大雪覆盖的大地上，形单影只，还在为来年结出种子积蓄力量。

又一个春天回来了，菜园里再次热闹起来，每一个等待的精灵感受到地气，顺应着天气，在母亲的照料下，启动生命密码，重新焕发活力，按部就班、不慌不忙地演绎起本种族的故事，共同奏起无声但壮丽的大合唱。

在这天地万物的大轮回中，我们骄傲的人类，只不过是通过吃喝拉撒，作为无数个循环中的一环，充当了大自然的搬运工。

瓜果蔬菜没有腿，但它们离了我们照样生长繁衍，而我们却离不开它们，特别是新鲜的，没有施撒过农药、化肥的纯天然的它们。

母亲老了，料理不动菜园了。

故乡母亲的菜园，也已经随着村庄的凋敝而湮灭了。

何时，我也能营造一块如母亲当年曾经拥有的那样充盈着地气的菜园？

父 亲 走 了

不经意间，父亲已经走了三年。

2012年9月24日的那个上午，将要下班时，我感到一种莫名其妙的烦躁，有一种说不出的若有所失又不明所以的感觉。

那时，心中有一点隐约的预感，但自己马上且坚定地掐灭了这丝毫的念头。我觉得且希望这不可能。父亲心脏支架手术两年多了，过两三个月就会有一些状况需要去医院"保养"一下，之后状况就比较好。一周前，父亲从医院例行"保修"之后，和母亲一起趁天气凉快回湖北老家去转转。走时，他的身体状态很好，精神也好。这样我才会放心送他们两个年近八十的老人家自己坐高铁回家，并安排了朋友小波在武汉高铁站接他们。

母亲说，在从武汉回随州的路上，父亲一直很兴奋，很高兴，一路上都不愿意在后座上睡睡歇歇，一路上都在和小波聊天……

回家的第一天晚上，他休息得很好，睡得很香。

第二天，走访了几家至亲。

第三天，略有不适。

第四天，去市人民医院就医。姐姐给我打了电话，说了情况，医生说情况不稳定，但父亲带的药已经比家乡医院的更好。我想着在老家最好的医院应该没有什么问题，像往常一样，住几天就会好转的。本来他们走时我也计划一周后回老家的，应该不会有什么问题。

第五天中午一点半，在一个朋友家里，朋友正在问我怎么心神不宁的，四姐的电话来了，很突然，很突兀，她带着哭腔说："爹走了。"

一刹那，我突然觉得心一下子被掏空了。

父亲吃了一点大姐送的饭，从病床下来大便后，刚直起身，就突感不适，母亲、大姐、大姐夫刚把他扶上床，他就上气不接下气，眼角流下泪水，驾鹤西去……整个过程不到半分钟。

他走得从容，没有一丝痛苦，但也没有留下一句话。

其实他还想活一活，因为日子这么好……

我晚上12点多赶到家时，父亲被安置在一张门板上，头上已经戴上了亡人戴的那种花帽，身体尚有余温，面色如常安详，只是不再睁眼和言语……

我没有大声呼喊父亲，也没有大哭，我不知道自己是怎样的一种情绪。

父亲走了，这个事实我是承认的，但不愿去承认他走得那么急促，那么匆忙。我们本来约好，我一周后利用国庆长假开车带他游游故地、访访老友；我们约好我写一些关于家乡习俗和我小时候故事的文章，已罗列了部分提纲，他答应给我详细讲述的；我们还约好要去北京的……

总之，我心里更多的是一些失落和埋怨，伤痛和悲凉反倒没有那么多。堵在心里的是：怎么就去了呢？不是说好了的吗，怎么就走了呢？爹！

我一直没有哭过，一直也没有哭出来过，直到送父亲上山的前一天晚上开追悼会致辞时，想起父亲受过的委屈和苦难，想起父亲对家庭、对我们兄弟姐妹及对我的女儿她们第三代乃至第四代的爱，我泣不成声，哽咽无法言语。

第二天一大早，我亲手把父亲埋在家乡那个三面环水的小山村的一块坡地上，独独那块地上例外地长满紫色的野菊花。他的父母的坟也陪伴在他左右。

父亲走后，我语言行为如常，工作生活如常，家人朋友看不出来，但其实好长一段时间，我干什么事都提不起劲，内心充斥着一种说不出的失落感和漂浮感。

有好几次，夜里想起父亲，没有明显的伤痛，但竟然泪流满面。

我陡然意识到，他是我的根，但我从来没有真正探知、亲近和认识过我的源头：父亲，他来自哪里？他曾经有过什么样的喜悦和满足，他是否体味过甜蜜和幸福；他曾经有过什么样的伤痛和悲凉，经历过何种苦闷和彷徨，又有什么样的希冀和憧憬？

这一切，我都没有与他好好交流过！

我对父亲的一切都充满了探究的热望和兴趣。

后来，我才知道。

父亲也曾是两代单传的独生子，也曾被他的爷爷奶奶、父母看得金贵，甚至于他的父亲和一个没有后代的叔叔计划为他分娶两个媳妇，分别成立两个家；

父亲也曾被严格要求读书，在小镇上也算得上是一个能写会算的能人；

父亲也曾加入共产党，并且是镇里最年轻的村委干部；

父亲也有过闯荡世界的梦想，在交通闭塞的年少时曾上过河南下过武汉；

父亲21岁时，按照当时政策，与曾是家里童养媳的前妻离婚后，娶了来自枣阳的当年18岁的我母亲；

父亲在当地曾是一个有口碑的仗义人、耿直人，最信奉的格言就是"这辈子讲话是一个个的，做事是一个个的"；永远抱定的原则是"宁可人负我，不可我负人"……

后来，我也知道。

父亲心直口直，曾因同情那个年代食不果腹的乡亲，在他们生病的紧急时刻，相信承诺临时借支少量集体款项给他人未记账，一直深信别人会主动及时归还，而事实上那时的人们因饥饿抛却了道德，逃避还款并且不站出来为他说明真实情况，导致父亲在有关运动中被处理劳改，被开除党籍和职务；纵使这样，他仍选择相信别人，虽然多年后乡亲的忏悔于事无补；

父亲也曾因压力和不顺而性子暴躁，甚至于因为不服从自己的命令而在盛怒之下开铳打死了跟随自己几年的猎狗；

父亲也曾因重男轻女的思想和生活的重负，狠心地不顾母亲和大姐的哀求，就是不让大姐去上学，让她永远失去了上学的机会，造成大姐一生的遗憾；

父亲和姑姑两家各生了5个孩子时，10个晚辈中只有二表哥一个男孩，父亲毫不掩饰对二表哥的格外和过分溺爱而让姐姐们很是伤心和不满；

父亲也是因为想要一个儿子，在生了 6 个姐姐成活 5 个的情况下，为在 40 岁时生了我这个儿子而乐开花；

父亲也曾在母亲和姐姐与别人发生纠纷或被邻居欺负后，是因为胆小怕事抑或是息事宁人，而不分青红皂白地斥责母亲和姐姐，这种"灭自己威风长别人志气"的做法一直让家人气愤；

父亲也曾责骂姐姐们，甚至于随手用鞭子抽她们，或用"手擂骨头"（手指撮起来，中指关节凸出）敲她们的头，让她们疼痛不已；天不亮赶她们出去干活，天黑了还嫌她们回家太早……

父亲也曾在家中无米下锅或仅剩最后一点钱的情况下，经不住别人的哀求，不顾家人的反对，任由别人抑或真实的需要抑或虚假的谎言把最后一点米、一点钱借出去，他说"我们怎么都能过得去"……

想起来，父亲让人讨厌的事还真不少。父亲会在大年三十晚上我们"守岁"坐在凳子上睡着时，点响鞭炮吓我们一大跳；父亲一天抽一到两包烟，没有就自己卷；父亲酒量从来不好，一直为不能陪好客人和朋友把酒喝好而觉得"欠人情"，也曾多次在别人家作客或自己家请客喝高了而昏睡一两天，身体像大病一场一样，原因就是"别人太抬举咱了或那个人够耿直，做人一个个的"，让我们哭笑不得……

后来，我也知道了。

父亲 21 岁就死了娘。

父亲在 20 岁就入了党，当了村委干部，在当时的乡村小镇也算是"有出息"的，但 25 岁就入狱在外地劳改两年，抛却了新婚妻子和女儿，劳改期间自己差点被饿死，家中还饿死了一个女儿，生活跌入深谷。当时的处境是多么绝望和彷徨！但他还是走过了那段至暗时光，一步一步建设起一个八口之家。

父亲的个子只有163厘米，遗传造就的细皮白肉，他笑称自己一辈子体重不到100斤，之前也一直没有干过农活，但他硬是在别人等着看笑话——"看你怎么养活这个家"的眼光中，半路出家重新学会并熟练掌握各种农活技巧，甚至最难的插秧前的最后一道工序——"平坝子"，让所有村民刮目相看。

父亲还在大队头一个选择了搞副业，每月向队里交40元人民币，一年交480元人民币，换取出外搞经营的自由。这需要多大的勇气和担当啊！那时，大多数青壮年还在为每天一角二分钱的工分而努力。当时，480元可真是巨款呐！

自此，他自我摸索，学会了做篾货，学会了打猎，学会了做牛经济（贩卖牛），学会了在舅舅搞汽车运输时帮忙押车……就在父亲出售的亲手编织的无数篾货、打猎打来的无数野兔野鸡支撑下，我们一家八口人保住了虽然贫穷但有温饱的生活，也保证了我们姐弟还算正常的学业。

父亲一直胆大，他为了看守晒在稻场的粮食，晚上一个人睡在旁边的坟包上；为了打猎晚上一个人走上几十里山路。我揣测，他一直生活在家中没有男劳动力的憋屈中，所以在与别人家因为农田用水等发生纠纷时，只能选择忍让，抑或是内心认同都是乡里乡亲，宁责自己人，不伤别家和气。

父亲要求姐姐们干活时很凶，但他瘦小的身躯从来都是挑最重的，走在最前面，收工在最后面。

1992年大学暑假期间，我在家乡不小心突然感染了疟疾，冷烧交替，寒战不止，行走不得。父亲赶紧请了一辆手扶拖拉机，并在车斗里铺上稻草棉被,把我拉到了乡医院。医院懒于管理,病房里灰尘多得一走一个脚印,蚊子扑面,漫不经心的护士还竟然把针打歪了,昏睡中的我,胳膊肿得比大腿还粗,连将衬衣剪下来都无从下剪。面对这种情况,医护人员还拒不承认、振振有词,印象中,那一刻,瘦小的父亲一下子变成了一头威猛的狮子在咆哮,让那个体型高大的医生黯然收敛。

父亲对外面的世界很好奇,心态一直很开放。

10多年前我每周两个晚上去几十里外的福田区学英语,路上有车匪路霸,父亲每天陪我开车四五个小时来回,还以能陪儿子而开心和自豪。

他还给孙女手工制作了好多玩具。

他自己参加老人旅行团到深圳周边多个市县去逛了逛。

我们去香港和南昆山时他也问东问西,好奇心满满。

父亲一生生活在河边,但他不会游泳,因为运柴过河、捡鱼、网鱼,几次掉入河中,甚至连猎枪也掉入河底里,差点淹死,但都侥幸捡回了性命。

父亲认为三姐要嫁的对象是"晃荡子"而坚决不同意,以不认女儿相威胁,甚至三姐婚后回娘家也被赶出去。结果也真如父亲所料,三姐的婚姻很不幸福,这也是导致三姐42岁英年早逝的原因之一。因为这事,父亲背后不知怄了多少气。对其他姐姐的事,他也一样操心,就是不当她们的面说而已……

父亲生了6个女儿,他入狱时夭折了一个,最后一个孩子是儿子,就是我,农村里称是"龙蛋"。父母及姐姐们对我宠爱有加,我很幸运,父亲并没有把我娇惯成小恶少和小阿斗。

1990年,我上大学了。父亲在村里放了两场电影,请了很多客。那几年，父亲种植袁隆平的杂交稻种子（他对袁隆平一直赞赏有加，称袁老是神人），每年赚一万多元，家里的母牛每年生一头小牛。家里经济宽裕了，我的大学生活很惬意。

1992年，父亲借了别人家麦草，准备烧窑为我盖三间两层红砖大瓦房，在亲戚们的反对声中放弃了。

1993年，父亲卖了老家的土坯房，卖了猪、牛、羊、鸡、鸭、鹅，搬到了随州市郊区，开始租房居住，做起了在市场卖青豆、粽子、金针菇生意，有时到学校门口卖点熟食，有时为市场批发部装包打散工。

1999年，我媳妇怀孕了，父母到深圳来准备为我们带孩子。在居住的整个7楼楼顶，父亲开辟了一块肥沃的菜园，他的孙女是在吃他种的有机蔬菜中长大的。

2004年，我们搬家了，他也70岁了，正式退出了劳作，但为了买便宜几毛钱的菜，他会跑遍周边几个市场作比较。

2012年8月，我们又购置了新房，在很偏僻的山边水库旁，计划过两个月搬家。带他去看时，他很喜欢，但他说："可能我住不上了。"此语竟成真！

再后来，我终于知道了。

父亲其实不怕母亲，面对敏感好强的母亲，父亲永远选择了沉默。当我的女儿看见和认为"奶奶怎么可以这样欺负爷爷呢?"而挺身而出的时候，我父亲露出的是慈祥的笑脸。

父亲其实不怕别人，他是怕别人伤害了我们姐弟。

父亲其实一直关心姐姐们的生活，只是他总是通过妈妈了解，而从来不善于和姐姐们直接沟通。

父亲对大姐未读到书一直歉疚，但他一直也没有对大姐当面说过，只是背后要求我们其他妹妹弟弟对大姐多帮衬一点。

父亲的两次平反机会都因当年"整蛊"他的人故意拖延传递信息而错过了，对此他一直耿耿于怀，心有戚戚。他把恢复名誉看得很重，但乡亲们一直以来对他的好评价，以及我们姐弟们开枝散叶生活幸福，也为他争足了脸面。特别是几个主要诬陷他的人最终生活拮据结局悲惨，让他感叹作恶终得报，也庆幸和满足自己的生活状态，非常感恩盛世年华，也教导我们要好好做人、认真做事回报社会。

最终，他也就释怀了。

2009年父亲第一次心脏病发作急救中曾心脏停搏一次被救回；2011年第二次手术，之后状况时有反复，但正常时与常人无异。父亲从未惧怕过死亡，认为自己这一辈子已经很值了，但日子过得顺心，还想多活一活。

2012年父亲足岁78岁，虚岁79岁，我们提议给他提前办80大寿，一方面热闹热闹，另一方面冲冲喜，说不定他的身体会更好一点。他既希望办这个大寿，子孙四代同堂可以热闹一番尽享天伦；他又不希望办，他担心办了这个寿礼他就真活不到80岁了，所以他要求足岁79岁时再办80大寿。最终，他没有等到这个大寿宴。

有个朋友说了一段话：父母在时，父母是树根，我们是树干，子女是枝叶；父母走后，我们就成了树根，子女就成了树干。

父亲走后,我感觉我的根少了一半。

在父亲和女儿的身上,不经意间,我常常看到了自己的影子。

就在我写这篇文章时,女儿突然靠在我耳边说:我想爷爷了,我好想吃爷爷背着你和妈妈偷偷给我吃的糖果,好甜!

我也仿佛闻到了父亲吸了50多年的熟悉的香烟味道……

世上只有两种人:第一种是有父亲的;第二种是没有父亲的。

父亲走了,自此我成为第二种人。

等 待 告 别

母亲10年前经历过一次心梗脑梗，身体大不如从前，左腿不大灵便，但生活上还能够自理。

最近三个月以来，母亲连续三次住院治疗，心衰的症状还越来越明显，稍稍动一动就感到很疲惫，就连穿棉衣或是翻个身都会心跳加剧，累出一身汗来。

母亲开玩笑地说，她是闻到了泥土的香味了。

我们姐弟轮流悉心地陪护照顾母亲。

我们安慰着她，但内心不禁生起无限担忧，害怕母亲越来越虚弱，害怕母亲在某一天突然离我们而去。

我们也清楚，母亲一定会在某一天撒手人寰，离我们远去。

在某一刻，我们一定会告别。

现在我们相处的每一刻，都是在等待告别的倒计时中。

在病房陪护母亲时，趁着她精神好，想聊天时，我认真地倾听她讲述自己的童年时代，以及有关姥爷姥姥的故事，并且把姥爷姥姥的名字郑重地记录了下来。

我给母亲全身按摩，舒缓她躺睡时间过长导致的周身疼痛。

她刚开始不愿意，有时候也不好意思，有时我的手也有点重，但最后她都欣然接受了，这也让她舒适了很多。

我帮母亲剪了手指甲,并磨得光光溜溜的。

我在试了水温和尝了饭菜的咸淡之后,才给母亲喂饭喂水,轻轻地,慢慢地,避免让她呛到。

但对于帮她在床上大小便,无论如何她都坚决不让我插手,只让我的姐姐们做。即便我对她说,我是你亲生的娃,帮你端屎端尿是应该的,她也坚决不同意。

住院的时光是难捱的。

因为疫情,故乡随州小城又陷入新的一轮静默封控。住院部严格禁止探视,病人和陪护人员天天核酸检测,一旦出了住院部这个门,就别想再进来。

我立在病房的窗前向外望去,大街上没有行人,寒冷的北风呼啸卷起马路上的枯叶向远处奔去,只有闪烁着蓝红灯光的救护车,偶尔快速掠过。

所有的店铺紧闭,农贸市场也关门了。

母亲一直没有什么胃口,说是想吃一点荸荠。我走医务人员通道出了住院部大门,转过了几条街,来到一个住宅小区内,才找到有四五家卖菜的小铺,终于称到了几十颗平时非常容易买到的荸荠。

再进住院部大楼却大费周折,保安百般盘查,就是不让进门,最后找到院长说明原委,才被勉强放入。

母亲很高兴我特意去买了荸荠。我把荸荠洗净,削皮后切成半块半块的,喂给了母亲。

母亲嚼了嚼,只是吞了一点荸荠浆水,荸荠肉在口腔里转了几圈,也没有咽下去。

母亲躺在病床上,身上连着心率、血压、血氧饱和度等监测仪器,鼻孔插着氧气,手臂上还留着粗粗的打点滴的针头,整个人像被五花大绑一样,被各种线管缠绕,想翻个身都异常艰难,在床上大小便也更加不易。

我感觉到她真是太难受了。

躺久了,母亲浑身都有说不出的疼痛,就像流动着一股不可琢磨的气,这儿鼓一下,那儿冒一下,气跑到哪哪儿就鼓起一个包,就很胀痛。

半夜里,听到母亲的呻吟声,我和四姐赶紧上前去查看。母亲感觉影响了我们休息,歉疚地说:你们不用那么紧张,我不要紧的,自己哼哼好受一点。

看着母亲的辛苦状况,听着母亲粗重的喘息声,我的心里一直在纠结和害怕如何与母亲告别,似乎告别的脚步声越来越近,越来越快!

让母亲缓冲一下吧,让她自由自在地歇一歇,不要被各种线管所缠绕,终日躺在床上,过一段时间再回医院保养治疗。

我和四姐商量着。母亲也希望回家缓冲一下,说就是自由自在,家中沙发上坐一坐也好。

于是,我们竭力说服了主治医生,在寒风中出院回家了。

母亲很高兴回到自己家里,大姐和四姐为母亲好好地洗了一个头,又把全身都擦洗了一遍。

母亲觉得自己重新干干净净清清爽爽的。

但母亲仍是累。她刷牙时被一口水呛着了,噎得上气不接下气,还有点翻白眼,吓坏了我们。

她连续几天没有好好吃过东西了,我们给她喝了一点肠道营养液,她还是想呕吐,还止不住地腹泻,只好躺在床上静养。

在我的心中,总觉得母亲一定会活下去的。

在我的记忆中,过去面对很多磨难的时候,她都应付过来了。

母亲还能活多久我不知道,但我就是没有理由地断定母亲不会那么急促地离去。

母亲从2000年就和父亲一直生活在我深圳的小家,很久没在随州老家过年了。2012年父亲去世后,平时我们忙着上班,家中只有她一人,连个说话的人都没有。在我的计划中,这个疫情过后的第一个春节,我是一定会和所有的姐姐们陪她在家乡好好过节的。

2022年5月,想尽量方便母亲生活,我重新装修了老家县城的住房,配齐了冷暖空调等设施。在家乡住的大姐、二姐和四姐也希望能陪伴服侍母亲,尽尽孝心,让母亲多吃吃新鲜的家乡菜,安享故乡的惬意生活。

我甚至想,待到年节过后,春暖花开了,母亲就会重新焕发出新的生命,再活个十年八年的。

母亲躺在床上无声无息,稍稍平静了一些。

她体力下降了很多,但头脑仍然是非常清醒的。

我一直想着,只要母亲在家里缓冲几天,再去医院治疗,一定会好起来的。

在我的心中，母亲总是那样地坚定有力，说话算数的。

母亲 21 岁那年，父亲因为"四清运动"被冤枉判刑而送去外地劳教两年，母亲忍受着屈辱和打击，独自带着两个女儿生活，一个 3 岁，一个刚出生不足一周，还赡养起公公，撑起了这个家。

在连续生了 5 个女儿后，母亲坚决地打消了父亲想领养一个男孩当作儿子的念头后，生下了我这个幺儿子。

无论是在小山村、在县城还是在深圳生活，母亲总是保持着与人为善、积极乐观的心态，与左邻右舍和和睦睦，养育了我们姐弟六个，从容化解了家庭的各种变故，一直是我们姐弟最坚实的依靠和最温暖的守候。

我甚至觉得，什么问题在母亲那儿都不是问题；我真的希冀时间停住，让母亲定格在当下不再老去。

自从回到家乡，我连续七天都待在病房里，几乎没出过门。同学约我去他家里吃饭，我见母亲比较稳定，想出去透一口气，也释放一下心中的烦忧。就对母亲说，我出去吃个饭很快就回来，母亲也答应了。

晚上 8 点多钟，四姐说，母亲问我怎么还没回家，催我回去。

母亲心心念念了好几天的酸蒜瓣，大姐去了几个超市、市场都没有买到。我问了一下同学妻子，刚好她自己酿制的就有酸蒜瓣，真是巧了，得来全不费工夫。我赶紧打包了酸蒜瓣，10 分钟内赶回家里。

母亲见我迅速回来了，很高兴，又见我带回酸蒜瓣，眼角都泛起了笑容。大姐洗了几粒酸蒜瓣,剥了皮,喂给母亲,母亲嚼了嚼,吞了吞溢出的酸水,蒜瓣碎末也没能吞下去。

我一直握着母亲的手,母亲突然对我说:今晚准备料理我的后事吧。

我笑着对母亲说:儿子会照顾好你生前,身后事也一定会办好的。您放心!

母亲又认真地对我说:儿子,我不是开玩笑的。

我的心一下子就沉了下去。

之后母亲的精神越来越弱,一直闭着眼睛不说话,牙关也紧咬着。我们想喂点水给她润润嗓子,都喂不进去。

我和大姐、四姐、四姐夫都守在母亲身边,分别揉搓她的手脚和背,希望给她更多温暖,也不停地呼唤她。她只是一声不语,呼吸一阵紧过一阵。尽管我们不停地温暖她,她的手脚也开始逐渐冰凉起来。

四姐夫用手指刮母亲的脚板,母亲也没有什么反应。我仿佛看见生命正从母亲的躯体里一点点流逝。

大姐、四姐和我不停地哭着呼喊:"妈,妈,妈……"母亲没有任何应答。

还有二姐和五姐不在母亲身边,我们打开视频分别连线了她们。她俩在视频里哭着喊"妈,妈,妈……",母亲听到她们的喊声,微微睁开了紧闭很久的眼睑,盯了一会儿视频中她的二女儿和五女儿,嘴巴也微微张合了几下,仿佛在告别,很快就又闭上了眼睛。

夜已经深了。

母亲的气息越来越微弱，但仍然牙关紧闭，似乎憋着一股劲。四姐说，赶快和她的孙女连线，让她看看孙女吧。

已经是凌晨了。

女儿已经睡熟了，打了好几次电话都没吵醒她。终于和我的女儿视频连上线了，女儿在电话里不停地喊："奶奶、奶奶，您等着我回来看你，一定要等我哟。"

听到她孙女的呼喊声，母亲猛然睁大了眼睛，全身重新注入了活力，使劲地盯着屏幕中的孙女，张大了嘴巴，连续开合了好几下，仿佛在不停地叮咛嘱咐，也像是在祈祷祝福。

我的眼泪夺眶而出，泪如雨下。

我也向母亲承诺，一定会改善性格，照顾好自己，善待好妻子，呵护好女儿，经营好家庭。

母亲欣慰地点了点头。

这些好像耗尽了她所有的力气，也似乎让她放下了所有牵挂，接着她释然地吁出了最后一口气。

大姐、四姐和我的哭声骤起。

我不相信母亲离去，用手去试探母亲的鼻孔，也感受不到任何气息。

我反倒没有了泪水，只是将脸庞贴在了母亲逐渐冰冷的脸颊上。

我还没有想好如何与母亲告别，母亲却已经与我告别了。

我的心一片悲凉。

打 猎 人 生

父亲是没有想过自己会成为一个猎人的。

而生活是这么无常、多变、淘气和滑稽，就像夏天的天气，看着阳光艳丽，转眼就滂沱大雨。

父亲从最年轻的村干部在不明所以的"四清运动"中突然就被冤枉成了阶下囚，被迫去劳改了两年，再回到家后，生活坠入深谷，简直就是一地鸡毛。

孩子们一个一个降生落地，只有父母两个劳动力挣得可怜的工分，嗷嗷待哺的几个嘴巴连稀饭都喝不上。

那时候，做点小买卖都是"资本主义尾巴"，是要被割的对象。

慢慢地，情况有些松动和变化，农民可以把自家的鸡蛋、蔬菜拿到街上卖给吃商品粮的城里人，双方互利共赢。

父亲总想着可以挣钱的路子。有一次去大山里的姥爷家，碰见几个打猎的人在姥爷家借宿，觉得打猎路子不错，一拍即合，开始学习并走上打猎之路。

父亲身高只有163厘米，体型也消瘦，与文学作品中高大魁梧的猎人形象相差巨大。

父亲跟着猎人们见习了三次后，就倾家所有订置了一支土铳和配套设备。

父亲戴上草帽，别着砍刀，背上竹篓，扛上土铳，唤上猎狗，出发了。

那是一支木弯把的土铳，总共有150厘米长。扳机的上面有一套铁制击发机关，底座是一个突起的铁帽，帽中有个孔，可以填入黑炸药，里面与铳管连通；上面是一支击发虎头，虎头尾连在铳柄上，拉起虎头，铳柄上还连着一个小铁键，铁键末端有一个小铁环。使用铳前，拉起虎头，将火药填入铁帽，再将一粒炮火纸（一张纸上填充了引爆药，成半圆形状，多行排列，用时剪下一粒）倒扣上去，再用小铁环扣紧炮火纸，扣动扳机，炮火纸爆炸引爆黑火药，土铳就发射了。

配套的装备也不少。

有一条类似现在做饭时使用的围裙一样的兜兜，不过比较短，只罩着上半身，上面缀着十几个口袋，分门别类地装着铁砂、炮火纸、黄油膏、铁针、锡弹、香烟、火柴等，其中炮火纸是剪成一个个小方块装在小铁盒里，火柴也是用塑料袋包裹起来的，免得被雨水淋湿。兜兜上还连着一支半截小牛角，牛角尾部是封闭的，牛尖那头有个塞子，塞子里面连着一个竹制的半圆形竹筒。牛角里装着黑火药，既安全又不容易受潮，竹筒刚好用来盛火药，并且方便往底座里填装。

父亲的背上还背有一支竹篓，是用来装猎物的，还装有雨衣和换洗衣物，以及母亲给带的干粮和毛巾等；有时还得带一条长长的铁制通条，是用来压实铁砂弹的。

父亲头上还戴一顶草帽，腰上还别着一支砍刀。

"一个好汉三个帮"，外出打猎，最主要的帮手是要找一只好猎狗。这个培养过程是要费周折的，很大程度上得靠运气和缘分。

猎狗得从小培养，要找聪明伶俐的、忠诚勤快的、胆大勇敢的，还要吃苦耐劳的，体型高大仪态威猛更好。以上都具备的情况下，猎人们还尽量不选白色的，据父亲讲白色的狗比较怕刺，不敢钻灌木丛。

几个猎人一块出去时，各人所带的狗有没有默契，对打猎是否顺利影响也很大。

刚入行的狗要经过几个阶段的磨合。先是训练狗适应枪声，否则一听到枪声狗就吓得不知踪影。再就是训练它去树丛中搜寻猎物，否则它以为是出去玩，尽在主人腿边撒欢。三是要训练它保持与主人的前进节奏。否则它跑到前面到处乱窜，没等到主人到位，就把猎物吓跑了。四是要训练它会上交猎物。刚开始时，它找到被打下的猎物后就躲起来，喊也喊不回，独自吃掉了肉，就只剩下皮和毛。要呵斥教育它几次，它才会明白这猎物是属于主人的，找到后要马上送到主人手上，还可以邀功请赏。

装备基本搞齐后，父亲就跟着老猎人们出发了。

父亲和另外两个猎人带着三条狗走进山谷，驱赶猎物。

"咻咻咻"，一只野鸡从父亲身边的灌木丛中猛然飞出，惊恐地拍打着翅膀向远处飞去。

父亲刚端起铳，铳就响了，野鸡吓得飞得更快了，转眼间就不见了踪影。

"咦，我怎么一下子就开火了？"父亲还没回过神来，甚至已经记不清怎么开的火，其实是他紧张过头直接触发了扳机。

另两个老猎人则放肆地一阵嬉笑。

父亲第一次出更就这样草草收场，但自此开启了他的打猎人生。

冻　疮

我的左手无名指有一块明显的伤痕，白色，无规则状，是小时候生冻疮留下的。

小时候天气非常冷，雪下得早，每年大都下三四场。

特别是打霜的时候，枯草上覆盖着一层霜花，每根草都像一条伏着的长长白色毛毛虫，浑身的水晶细小颗粒透着寒气。

晚上睡在被窝里，头缩起来，蒙进被子里。夯土的墙壁似乎总有一些塞不住的缝，一丝丝不知从哪儿钻进来的风，一阵阵掠过，刺得脸生痛，睡梦中也会把人扎醒。

早上起床最是艰难，暖暖的被窝太让人留恋，冰冷的衣裤也让人望而生畏。

上学时间到了，母亲叫了几遍，我也一声不吭。"永远叫不醒一个装睡的人"这句格言，我从小就是个实践者。

母亲一伸手去拉被角，我就将被子卷得更紧，像一条泥鳅一样，滚到床里边去了。

在母亲的再三催促下，我极不情愿地支棱起半个身子，马上就被外面的寒冷包裹，打了一个冷颤，又猛然把被角卷起来，缩进被窝里。

母亲将棉袄袖子翻过来，在陶瓷烘炉上烘了烘，又马上翻回去。我钻出来，手抓住长袖内衣袖口，迅速伸进了棉袄袖子。

我套上外裤，母亲将手从我的裤口伸进去，拽住我的秋裤裤口，我这才提起裤子，否则整条秋裤会被全部拉卷到大腿上面去。

那时的贴身长衣长裤，都是普通的衣裤，不紧身，保暖效果也不好，只能多穿几件累加几层而已。

小伙伴们在磨磨蹭蹭中穿好了衣服，光着手出发了。我幸运一些，戴着姐姐们用毛线编织的半截式手套，手指露在外面，其实根本挡不住风，顶多增加了一些心理安慰。

我们在洋瓷钵子边缘钻上三个孔，穿入铁丝，在一尺高的位置拧成为一个把手，做成一个移动火炉。

我在灶膛捡出一些炭火，还有一些正在燃烧的木柴头，放进洋瓷钵火炉里。

一拉开院门闩，寒风好像已经在门外等候了多时，迫不及待地挤了进来，把木门猛然冲开，把我撞了个趔趄。

我低着头，迎着风往山路上冲去。

我一边走，一边捡路边的枯树枝放进火炉里，一边不停地摇摆火炉，让火炉烧得旺起来。胆子大的伙伴一边奔跑，一边旋转火炉，火炉在身旁划出一个冒着青烟的圆圈，红色的火苗也噼噼啪啪地窜出来。

有的新手，也学着挥舞圆圈，可惜技术不熟，又犹犹豫豫，转动的速度不够快，当火炉转到头顶时，炭火、木柴纷纷落了下来，把头发烧得没了一块，糊了一块，卷了一块，引得大家哈哈坏笑。

身子跑暖和了，甚至出汗了。但抓住火炉把的手却是冰凉的。走一段路，我们就蹲下来，一边哈着气，一边把双手放在火炉上烤一会儿，待暖和起来，接着又跑起来。

教室的后半部靠墙边，已经有一个用几块大土砖砌成的火垅，来到教室后，大家把自己火炉里的柴火都倒进火垅里，让火垅烧得更旺一些。也可以从火垅里捡一些炭火放进自己的火炉里，带到座位上去烤。

教室内充斥着一股柴火烟味。

当年乡村学校的窗户没有玻璃，只是用木条压嵌着白塑料布。北风来回扯动着塑料布，啪啪作响，显摆着自己的威风。

空气中弥漫着一股透骨的寒冷，双手只好偷偷地塞进裤兜里，或是拢在袖筒里，实在要写字时，也是一只手躲在兜里，另一只手抖抖瑟瑟地不停捏握。手指头冻得又疼又麻，脚也冻得木木的。

上课时，寂静的教室里偶尔会传来几声轻轻的跺脚声，马上就有应和的，刚开始声音比较轻微，慢慢就厚重起来了，跺脚的人多起来了，似乎胆子也大了许多。此时，老师也下意识地在讲台上跺起了脚，只好宣布临时休息三分钟，一起跺跺脚，暖和暖和。大家开心极了，马上起身站到走廊里，嬉笑着使劲跺起脚来，轰轰作响，泥土地面上也扬起阵阵灰尘。好像隔壁其他班也收到了信号，轰隆隆跺起脚来，整个校园都震动起来。

下课了，一帮人像虾米一样围到火垅边烤火，另一帮男生就去"挤墙角"：一个人站在墙角，其他人紧跟着贴墙排成一排，末尾一个人不停往墙角方向使劲挤，尽力把站不稳的人挤出队伍，被挤出的人又重新排在队尾开始挤。谁能在墙角呆得最久，谁就是最厉害的。挤墙角时，大家打打闹闹，活动了腿脚，增加了不少快乐，也增添了许多温暖。

碰到下雨天或下雪天，就没有那么幸运了。最惨的就是雨加雪了。

那时我们没有皮靴，也没有胶底鞋，穿的都是母亲纳的千层底，一出门，鞋底子就慢慢浸湿了，鞋子越走越重，也浸得透心凉。

到了教室，没有更换的鞋袜，只好穿着湿透的鞋袜继续上课，一直冻到晚上回家。课间，机灵一点的同学会凑到火垅边将鞋袜烤得半干。

中午饭都是自己带的，早已经冰冷了。只好把碗放在火垅边，烘到半热，或是将馒头烤一烤，待冒出白色的热气，就匆匆咽下了。

家离学校远，中午只能在教室午睡了。

没有床，没有被子，只好双臂搭在条桌上，头趴在胳膊上眯一会儿。

脚又冷又疼，像针扎一样，不停地提醒着脆弱的神经，久久难以入眠；实在太困了，沉沉睡去，醒来后双臂被枕得发麻，双手掌里又如万箭穿过，手指变得更加惨白僵硬。

双脚早已失去了知觉，似乎已经不存在了，就像两根木头直接戳在地上，得揉揉双腿活动一会儿，扶着桌椅才能勉强地站起来。

放学时，天已经早早暗下来了。

全身差不多被冻透了，走出校门，寒风肆无忌惮地从棉袄下摆、袖口和裤口钻进来，恨不得带走身上仅存的最后一点热气。我们饿着肚子，顶着呼啸的北风往家赶。

冻疮，就这样伴着凛冽的北风和寒冷的空气，恣意生长。

先是手背上裂开了无数纵横交错的小口子，有的还渗出了血，结了疤后，整个手背就像一副布满密密麻麻暗紫色横竖条纹的几何图画。

耳朵、鼻尖、腮帮是最容易受伤的部位。

耳朵外廓的曲线也变得凸凹不平，鼻尖头变成红彤彤的，腮帮子飞起了几朵不规则的紫云。

手掌外沿、小指和无名指根部最先肿起来，并且向手背上蔓延。

过了几天，整个手背肿得像个包子，高高隆起，手指关节变成了圆乎乎的洼地。

干性皮肤的同学，冻疮就更夸张了。脚掌外侧分布着大小不同的冻包，脚后跟的裂口张开得像小娃娃的嘴。

又过了几天，手背肿胀得更高，皮肤被撑得亮晶晶的，里面似乎有水波在荡漾，清晰可见。

再过几天，最薄的部位就破皮了，不停地渗出黄水，却也结不了疤；或是结了一层薄薄的疤，里面也化脓了，手指一压，就冒出了水、血、脓的混合物。

各个手指也大致如此，或是破了皮，或是鼓起了一个又一个不规则的硬包块。

冻疮如果一不小心被碰到了，会疼得人一下子跳起来，恨不得找个地儿钻下去，双手直抖，但也不敢去抚摸一下。只能赶忙对着吹几口热气，稍稍缓一缓。

家里是有火塘的，烤火也是一件纠结的事，手是冰冷的，去烤一烤当然会暖和一点。但溃烂的皮肉一烤就格外地刺痛，只得烤一烤，躲一躲。

睡前热水洗脚时，情况也如此，破皮的地方痛，肿起的地方痒，正常的地方却需要那股温暖。

晚上睡进被窝里，以为终于可以消停了，才知道有更大的麻烦。破皮的地方，经常擦碰到粗糙的棉布被面，连卷被子也不敢了，得求助父母帮忙。

手掌，只敢小心翼翼地躲在被子与身体之间的空隙里，手背还只敢朝向自己大腿那一侧。

半夜里，被恶痒惊醒。

被子里很温暖，受热以后，肿胀部位的血管里好像有无数只小虫子在蠕动、噬咬，痒到心尖上，但此时又像"豆腐掉进火灰里——吹不得，打不得"。

痒比疼还难受！

有时候痒得睡不着，心一横，干脆把手伸到被子外，即使冻得疼，也愿意受着。

早上起床后，又重新面临一轮艰难。穿袜子时，裂开的口子会卡住棉纱；穿棉袄时，手掌在袖筒里畏畏缩缩摸索探伸。

小学五年级那年，我在离家十里的镇上就读。

放寒假的最后一节课结束后，天渐渐暗下来，已经下了两天的雪有近膝盖深，雪花变得稍小稍稀了些，但又下起了雨，雨雪相加，雪开始融化。

雪堆、雨水、黄泥糅在一块，处处泥泞。

我穿的是一双母亲做的崭新的灯芯绒棉鞋。那是准备过新年的礼物。

看着那么深的雨雪泥，想着鞋子马上会被浸湿透，回家后我就没有棉鞋穿了，我干脆脱下了棉鞋放进书包里，光脚踏上了回家的路。

刚开始，脚还会感到冰冷，走一会儿后，脚也就麻木了。慢慢降临的夜幕中，气温越降越低，融化的雪重新冰冻起来，变成了僵硬锋利的雪碴子，割破了脚皮，也感觉不到。

看见我光着脚回到家，父母和姐姐们心疼得直掉眼泪。

热水泡不得！炉火烤不得！

母亲连忙解开棉袄，将我的双脚裹进怀里，直到逐渐温暖起来，恢复知觉。

冻疮给我留下了伤痕印记，于我心中，常存的是父母和姐姐们给予我的温暖。

酒　惑

　　对于如何"喝好酒，酒喝好"，我是没有任何发言权的，倒是对酒的困惑，我是刻骨铭心的。

　　对于不喝酒这一基因，我从先祖处遗传得比较彻底。一沾酒脸就红得像关公，喝一点就全身过敏起疹子，再加一点我就头脑发热血脉贲张，隐约能听到血液在脑血管中如同河流湍急处"轰轰"冲击声，呼吸略感困难，仿佛听力也关闭了，看到人们张着嘴在开合，就是一片混沌，什么也听不清。

　　上小学的时候，八九岁吧，大年初一，在长辈拜年钱的诱惑下，在表兄们怂恿下，我喝下了一小杯白酒。结果，大家都找不到我了，许久后才发现我在一个婴儿的摇篮里睡着了，留下多年的笑资。

　　老家自酿的谷物土酒酒劲冲，酒风也更为彪悍。逢年过节、迎婚嫁娶，酒席上不喝倒几个人就显得主人家待客不到位。一张桌上没有人当场"下猪娃"（呕吐）、"溜桌底"，这一桌的酒司令是严重不称职的。

　　酒席通常是冗长的。男人们在那个舞台上尽情舒展，开始时有一些谦恭和小声，慢慢地，便张扬和嘈杂起来，在说不尽的"三星高照、四四如意……十全十美"等劝酒词的反复中，酒一杯杯下肚，划拳行令之声一浪高过一浪。

夏天的凉菜、冬天的热菜一轮一轮地再添再上，酒席似乎没有结束的时刻，特别是碰上了旗鼓相当的"酒麻扯"，酒话扯来扯去，没有边际，甚至从中午吃到掌灯时分。这就苦了做饭的堂客们，得不到丝毫休息和缓冲，又得接着准备下一顿。

那时印象深刻的就是父亲陪客人喝酒的辛苦场景。家里有大事或贵客时，为了陪好客人，还要去专门邀请能喝酒的亲戚朋友来充当陪客。好酒好肉伺候着，最终还欠陪酒人一个人情，事情过后还要当作主宾再专门宴请一回。

父亲有时候也亲自陪客，但话语中始终含着歉疚，一再声明陪不好客人莫见怪。结果，父亲面红耳赤，浑身发冷，不停地喝开水，随着酒席的继续，压力越来越大，待客人走后，还要如小病一场地睡一两天。

作为客人到别人家吃饭时，父亲因为辈分高被当作主宾时，常用的招数是推脱不坐主位，实在不行也拒绝端杯，端杯后也不倒满，有时还偷偷倒一点酒到茶杯里……凡是能想到的招全用上。

结果，我还是见到他疲惫应对的模样。最无奈的是漫长的等待耗掉了我的玩耍时间，还常常耽误了既定的行程。

那时，我对酒很讨厌。

读初中时，我在环潭古镇上。一个夏日的黄昏，我去老街闲逛，狭窄的青石板街道静静地延伸着，两旁都是店铺，木板门敞开着，夕阳把古巷映得黄彤彤的，微闷偶掠凉风。两个小老头穿着老式的短裤，赤膊着上身，坐在店铺的青石门槛上，正咿咿呀呀地唱着老曲儿，门槛旁边的小木凳上摆着一碟花生米，还有两个旧瓷杯，唱着唱着，他们还端起酒杯抿一小口酒，然后又沉浸在微醺的时光里。

在说不尽的劝酒词反复中，酒一杯杯下肚，划拳行令之声一浪高过一浪。

（杨福徐 画）

一刹那，我涌起了对酒的无限好感，真希望老的时候我也能过上这样的生活：有一老友，对饮老酒。生活如此，夫复何求？

在武汉上大学时，感觉冬天更冷，夏天更热。打完篮球后，与室友每人花五毛钱菜票合买一瓶冰镇"中德"牌啤酒，每人倒一半到洋瓷钵子里，一饮而尽，浑身都爽透了。再想喝一瓶的想法是不现实的，还是要留下吃饭钱。据说后来因为经济危机，马克贬值，"中德"啤酒倒闭了，留下同学们长久的遗憾。

1992年的冬天非常冷，校门口的南湖整个都结了厚厚的冰，有同学在上面踢足球。校园被雪完全覆盖，寝室里冻得像冰窖一样。407宿舍老大动用每月的伙食补贴买了几瓶"湄窖牌"白酒，记得是3元一瓶，撂在门口的书架上，我们进门一口，出门一口，靠着它们熬过了那个寒冷的冬季。

但始终，我都没有酒瘾，没有练出酒量，也没有培养出酒胆。

在临近毕业的季节，从已经工作的师兄言语中，我明显感受到不会喝酒将面临的严峻考验。

果不其然，刚到单位报到，欢迎宴上的第一考就是能喝多少酒。能不能喝、爽不爽快基本奠定了以后的江湖地位。

更郁闷的是当时的领导公开说：别看你们是大学生，不能喝酒的就别想提拔了！

部门的头儿也说了：不喝酒就不是兄弟！我心里想，在部门混，不争取做兄弟能行吗？硬着头皮也要上！

那时酒风是盛行的，也没有查酒驾之说，那时的深圳空气中都弥漫着暴发的冲动和夸张的浮华。回想起来，每次外出吃饭，我基本上都是喝了就倒，倒了就睡沙发，最后等酒醒得差不多了才迷迷瞪瞪回家去。

随后几天,青春痘疯长,头发根的小颗粒一鼓,一根头发就报销了,整个人像一只瘟鸡一样连着几天蔫不拉叽的。

纵使这样,我的酒量也毫无长进!同事们也无语了。看来,练一练就练出酒量来的预言,只适合那些本身有喝酒潜力而自己却未发现的人。

更具压迫感的是聚餐。不去吧,脱离集体;去吧,喝酒是主题。"领导不敬,始终是块心病",不敬吧,好像自己很另类;敬吧,总不能"领导喝完我随意";和在座的同事也不能少啊,否则就是戴有色眼镜了。一圈下来,如何受得了。

横下心来,谁都不敬吧,索性就不端杯!要么领导和同事主动给我敬酒时,自己脸红解释半天,自始至终处于一个防守抵挡的被动状态,似乎还欠了一个很大的人情。真没有一个人与我喝酒吧,自己又好像如同透明人,不存在似的。

左右都是纠结。

2002年去中山大学学习,谢教授除了法律素养深厚,更是深入阐述了酒道:中国人比较含蓄,没有酒作烘托和催化,气氛就上不来。必须等到酒喝得差不多了,借着酒劲,平时不想说、不敢说的话就脱口而出了,职位有差距的也自然勾肩搭背了,到最后平时有过结的也"杯酒泯恩仇"了,想协调的事也好解决了。

谢教授戏言,依照法律处理具体事务的许多空白,有时候用酒去调节很可能最有效果。说得文绉绉一点,酒在达成调解协议构建和谐方面有时还真是功不可没。

想一想那么多场合要去喝酒"勾兑",把我想辞职去当律师的念头也吓没了。

那时候，单位之间斗酒是一种风气。我是上不了这类战场的，我负责定房、点菜、买单、送人、收拾残局，见证了喝酒的意气风发，也见识了乱醉的龌龊不堪。

心中其实一直有一种缺憾，就是羡慕想喝酒、能喝酒、放松喝的朋友们的那种状态，想象那种心中痒痒、酒至微酣的超然和放空，定然美好和无可替代……

而我，却不可能迸发出"对酒当歌，人生几何"的豪爽，领略"兰陵美酒郁金香，玉碗盛来琥珀光"的奢华，偶遇"今宵酒醒何处，杨柳岸晓风残月"的浪漫，体会"绿蚁新醅酒，红泥小火炉"物我两忘的意境。

有时，扪心自问，不能不会不善喝酒，我的人生是不是太无趣了！抑或，在某时某种环境下，竟然差不多是一种无能和罪过了。

因为不愿陷入酒的纠结，能推的饭局就尽量推了，实在推不掉的也是心有戚戚，期盼少喝酒，早结束；回到老家，连与老同学见面也尽量免了，免得觥筹交错，酒席连连。

自己也曾在受命之下或被迎送的个别特殊时段而稍有放松，结果导致酒醉，甚至于忘了外套和提包，被人送到家后抱着马桶狂吐。

闲暇时节，偶尔翻一下日记，过去的二十多年中竟然有大半随记都是酒后不适继而后悔的点滴，现在想来，原来酒之惑俨然已经结成了一长串苦涩的珠子。

所谓"酒逢知己千杯少，话不投机半句多"，真正的落脚点还是在"话"上吧，喝酒助兴，有得聊才是真正的主题。

虽然我不喜欢喝酒，但是我喜欢嗅闻酒的醇香，也喜欢买一些土制老酒送给朋友泡药酒喝，我也从中感受到了品酒的快乐。

酒本身是个好东西，关键是看自己如何去品尝它。据说"酒"字的三点水分别代表了人喝酒后如同书生、将军、疯子三种状态，要么谦谦有礼，要么豪情冲天，要么疯疯癫癫。喝酒后要成为哪种形象全在自己的选择之中，还没有听说过谁喝高了是别人强行灌进嘴巴里去的，一定都是自己倒进肚子里去的。

这么多年来，对于酒的纠结，本源是我没有去做真实的自己，是我心有所求，因而压抑和扭曲了自我。

本然，心门之外没有别人。除了我选择，没有人决定得了我自己。

没有什么值得害怕的，遵从内心不喝酒并不会让我失去些什么，因为那些从来和本来就不属于我。

酒后醒来，恍如一梦，喝酒本无惑，我心自扰之。

想喝酒时，不压抑自己；不愿喝时，别委屈自己。

酒后话之，今且记之，一笑了之。

觉 者 本 真

——读王健《烟火乡村》

庄向阳

世界上有一座叫"白鹤畈"或"百家畈"的村庄吗?这座村庄在哪里?这是一个什么样的村庄?在阅读《烟火乡村》之前,我对这座村庄一无所知;读了这部散文集,不禁对其充满了神往。

《烟火乡村》是王健的第一本散文集,他从自己生长的小村庄写起,写人与动物,写儿时游戏、自制玩具,写乡村味道,写至爱亲情,没有矛盾与纷争,没有轰轰烈烈的大事件,作者娓娓道来,描述了一幅充满人间温情和烟火气息的世外桃源图景。

就题材而言,这是一部关于儿时、故乡、亲情的回忆文集,也是一部个人的心灵史,这部心灵史的关键词只有一个字——爱。阅读王健的文字会发现,他的书写格外纯净,充满了对家乡与故土纯粹的热爱。作者的家乡位于湖北省随州市随县,是一处背靠青山、三面环水的小村庄,在统计学的意义上,只不过是中国数以十万计的村庄中的普通一个;但在作者的印象里,"生长时节,绿油油的稻禾和麦苗一望无际;收获季节,黄澄澄的谷穗麦穗波浪随风荡漾,大自然的美丽和慷慨那时已深植我心。"对乡土、对故乡的挚爱都存在作者的记忆里了,这份挚爱其实是有源头的,源头正在于作者生命里的那些深刻的美好印记和感动。我把写作者分为两种,一种是拥有故乡的,一种是失去或没有故乡的,拥有故乡的作者是更幸运且令人艳羡的,故乡成为他们写作的源头和出发地,他们总是有着写不尽的题材,通过书写对家乡的凝视而获得了一种特别的意义,譬如高密乡之于莫言,田湖镇之于阎连科,延津县之于刘震云,花莲之于我喜爱的台湾作家陈黎……如果把外国作家加进来,这个名单我们可以列得更长。故乡给予写作者以生命的滋养,而作家报之以书写,把故乡在人类文明的地图上清晰地标记出来。

对故乡的爱,其实还源于作者对家与亲人的眷恋与爱。因为爱家与亲人,对故乡的热爱便有了归属,也更为炽烈。当想起故乡的时候,作者头脑里常常冒出的场景是这样的:"常怀念夏日的午后,我端着一只大土碗,里面盛着妈妈用刚刚从门前柏树上摘下的丝瓜做的丝瓜炒蛋,坐到门前的石墩上。眼前是对面葱郁的山坡和河边的翠竹,两只狗和一群鸡仰着脖子望着我,盼望撒给他们饭粒,屋后的蓝色炊烟袅袅跳舞,散发出人间烟火香味……"故乡就是如此的人间真实,如在眼前,如在昨天。而这本散文集取名"烟火乡村","烟火"成为全书的核心意象,也是在作者记忆深处不断萦绕、挥之不去的意象,恰切而真实可感。

由这部文集,读者认识了机敏敢闯、仗义担责但也重男轻女的父亲,认识勤劳良善、把家操持得井井有条的母亲,还有关心、陪伴作者成长的姐姐们……亲情永远属于个人,但是当这种对亲情的书写能够超越个人记忆的边界,走入读者的世界,这份亲情就有了更值得珍视的价值。阅读这样的文字,我不由得为作者的赤诚所感怀。作者大学毕业后就到来了深圳,长期在龙岗工作，为龙岗社会做出了他的一份贡献，能够支撑他一路走来的，当然有很多东西，有专业知识和专业精神，还有正直、责任心等，从根本上说这些在很大程度上来自于原生家庭的环境，来自于家人的爱。

在大学里我主要从事写作课程的教学和研究，我不光关注文本呈现的样貌，同时总是对文本是怎么写作出来的持有浓厚兴趣。拿到《烟火乡村》文集时我就好奇，作者大学学习的是法律专业，毕业后长期从事法律工作，直到最近几年间才开始散文写作，坚持数年，汇成了这本散文集。那么，作者是如何迅速地成为一位散文作家？

我的家乡与作者的家乡相隔千里，但都是典型的温带季风性气候，有一些相通的生活经历，比如冬季的冻疮。也是因为这个缘故，阅读《冻疮》一文，也就更加感同身受："冻疮，就这样伴着凛冽的北风和寒冷的空气，恣意生长。先是手背上裂开了无数纵横交错的小口子，有的还渗出了血，结了疤后，整个手背就像一副布满密密麻麻暗紫色横竖条纹的几何图画。"过了几十年时间，作者仍能够写得生动如栩，不能不归结为作者是一位生活的觉者。所谓觉者，是一种人生智慧，也是一种人生应有的境界。我不是佛教的信徒，对佛教原初教义的理解来自一行法师的《故道白云》，书中写道，佛陀在菩提树下悟道，所得的其实就是人要成为生活的觉者。哪怕是吃一片橘子，都能够觉察它是如何难得和美好，这样，吃橘子的时候，才会一直知道自己在吃橘子，橘子也才是真实的，而吃它的人便也是真实的了。西哲苏格拉底有一句名言，有人翻译为，"未经审视的人生是不值得过的"，这代表了西方哲学看待世界、人生的视角，更加注重对人生而不是现实世界的观照，可是我更同意把"审视"译为"省察"，如果加入了察觉，是否更符合先哲的本意呢？而王健，便是一位出色的觉者，比如他写的《熬糖》《酸白菜》《辣之味》《阴米的味道》等"乡村味道篇"，最能显示作者的觉者本色。要指出的是，这种察觉不是来自于老师指点，甚至没有人专门去教，全凭在儿童期包括幼年时期外部世界给予的信息及互动回应，从而形成自己感知世界的方式。这种察觉力，无疑是每一个写作者都应当具备的素养。

除了察觉，王健散文的另一个关键词就是本真了。或者说，因为善于察觉，所以本真。每个人都有一个专属的个人记忆宝匣，而《烟火乡村》正是王健向读者展示的记忆宝匣，他毫不吝啬，毫无保留，只要是记忆里存有的，他都努力打捞出来，一一向读者展示真实的童年、真实的故乡、真实的生活。这种行文的真实，应该与作者做人的真诚态度一以贯之，一脉相承。中国文论历来主张文如其人，在其他文体可能未必，但散文写作一定如此，没有诚实的态度，文恐行之不远。

所有文字的真实，以及态度的真诚，都可归之为本真，正是因为作者怀着一颗本真的心，所以才能在人近中年之际，在繁忙的公务工作之余，还能写下这些文字。拜读散文集《烟火乡村》，除了发自内心的喜欢、认同，还有诚挚的祝福，祝福作者拥有本真的生活和本真的写作。

2022 年 12 月 29 日于深圳龙岗